PANINI BOOKS

AUSSERDEM BEI PANINI ERHÄLTLICH

Spannende Abenteuer-Romane für *MINECRAFTER*

Karl Olsberg: DAS DORF Band 1: Der Fremde
ISBN 978-3-8332-3251-0

Karl Olsberg: DAS DORF Band 2: Kolle in Not
ISBN 978-3-8332-3252-7

Karl Olsberg: DAS DORF Band 3: Der Streit
ISBN 978-3-8332-3253-4

Karl Olsberg: WÜRFELWELT
ISBN 978-3-8332-3248-0

Karl Olsberg: ZURÜCK IN DIE WÜRFELWELT
ISBN 978-3-8332-3249-7

Karl Olsberg: FLUCHT AUS DER WÜRFELWELT
ISBN 978-3-8332-3250-3

Sean Fay Wolfe: DIE ELEMENTIA CHRONIKEN
Band 1: Die Suche nach Gerechtigkeit
ISBN 978-3-8332-3254-1

Sean Fay Wolfe: DIE ELEMENTIA CHRONIKEN
Band 2: Die neue Ordnung
ISBN 978-3-8332-3255-8

Winter Morgan: DIE SUCHE NACH DEM DIAMANTSCHWERT
ISBN 978-3-8332-3007-3

Winter Morgan: DAS GEHEIMNIS DES GRIEFERS
ISBN 978-3-8332-3008-0

Winter Morgan: DIE ENDERMEN-INVASION
ISBN 978-3-8332-3243-5

Winter Morgan: SCHATZJÄGER IN SCHWIERIGKEITEN
ISBN 978-3-8332-3244-2

Winter Morgan: DIE SKELETTE SCHLAGEN ZURÜCK
ISBN 978-3-8332-3245-9

Nancy Osa: DIE SCHLACHT VON ZOMBIE-HILL
ISBN 978-3-8332-3246-6

Nancy Osa: DAS VERBANNTE BATAILLON
ISBN 978-3-8332-3247-3

Nähere Infos und weitere Bände unter
www.paninicomics.de

DIE SKELETTE SCHLAGEN ZURÜCK

Ein Minecraft-Abenteuer
5. Band

Von Winter Morgan

Ins Deutsche übertragen
von Andreas Kasprzak

PANINI BOOKS

Bibliografische Information der Deutschen Nationalbibliothek
Die Deutsche Nationalbibliothek verzeichnet diese Publikation in der Deutschen Nationalbibliografie; detaillierte bibliografische Daten sind im Internet über http://dnb.d-nb.de abrufbar.

Dieses Buch wurde auf chlorfreiem, umweltfreundlich hergestelltem Papier gedruckt.

FSC
www.fsc.org
MIX
Papier aus verantwortungsvollen Quellen
FSC® C014496

Englische Originalausgabe:
„The Skeletons Strike Back" by Winter Morgan, published in the US by Sky Pony Press, New York, USA, 2015.

Deutsche Ausgabe: Panini Verlags GmbH, Rotebühlstr. 87, 70178 Stuttgart. Alle Rechte vorbehalten.

Geschäftsführer: Hermann Paul
Head of Editorial: Jo Löffler
Marketing & Kooperationen: Holger Wiest
(E-Mail: marketing@panini.de)
Übersetzung: Andreas Kasprzak
Lektorat: Carmen Jonas
Produktion: Gunther Heeb, Sanja Ancic
Umschlaggestaltung: tab indivisuell, Stuttgart
Satz: Greiner & Reichel, Köln
Druck: CPI Books, Ulm
Gedruckt in Deutschland

YDMINE005

ISBN 978-3-8332-3245-9
1. Auflage, September 2016

Auch als E-Book erhältlich:
ISBN 978-3-8332-3396-8

Findet uns im Netz:
www.paninicomics.de

PaniniComicsDE

INHALT

1. Kapitel

RASEN BETRETEN VERBOTEN!

Als Steve zu seiner Weizenfarm zurückkehrte, stellte er fest, dass die Felder verwüstet waren. Seine florierende Farm, auf der das Getreide wuchs und gedieh, war plötzlich kahl und ausgedörrt. Eine Schar Krähen wachte friedlich über sein Grundstück. Steve ging überall umher, um die Farm genauer zu untersuchen. Er hoffte, wenigstens eine einzige Karotte oder Kartoffel ernten zu können. Aber er fand nichts als Staub. Irgendjemand oder irgendetwas hatte seine gesamte Ernte zerstört.

Henry musterte die Krähen, die auf den letzten verbliebenen Weizenhalmen herumpickten. „Diese Krähen müssen gespawnt sein, während du fort warst, Steve", vermutete er.

„Außerdem sieht es ganz danach aus, als wären ein paar Creeper über den Weizen hergefallen", behauptete Lucy, die auf ein verdorrtes Stück Rasen starrte.

„Du musst einen Zaun bauen", schlug Max vor.

Steve war eine Weile nicht zu Hause gewesen. Er hatte mitgeholfen, seine Schatzsucher-Freunde Henry,

Max und Lucy zu retten, die von bösen Regenbogen-Griefern in einen Wüstentempel eingesperrt worden waren. Er war eben erst, zusammen mit seinen Freunden, zu seiner Farm zurückgekommen. Seine Ozelots Snuggles und Jasmine und sein Hund Rufus begrüßten ihn. Allerdings war Steve zu abgelenkt, um sich über das Wiedersehen gebührend zu freuen. Lucy bemerkte, wie geknickt Steve war. Deshalb versicherte sie ihm: „Wir helfen dir dabei, den Zaun zu bauen. Ich habe auch schon einige Ideen, wie wir die Tiere von deinem Rasen fernhalten können."

„Ohne den Weizen und das restliche Getreide habe ich keine Ressourcen übrig, mit denen ich Handel treiben könnte. Und nach unserem letzten Abenteuer ist mein Inventar ziemlich leer. Wie soll ich meine Vorräte nur wieder auffüllen?", fragte Steve.

„Wir können die Schätze eintauschen, die wir im Wüstentempel gefunden haben", fiel Max ein, während er eine Truhe öffnete. Eifrig suchend durchwühlte er diese. Schon nach kurzer Zeit brachte er einige Diamanten zum Vorschein.

„Diamanten sind ausgesprochen kostbar. Die bringen uns wesentlich mehr ein als ein Haufen Weizen, Karotten und Kartoffeln." Lucy durchforstete die Truhe und hielt lächelnd einige Smaragde in die Luft.

Henry hatte einen anderen Vorschlag. „Ja, wir könnten unsere Diamanten tauschen, aber falls wir auf einen Creeper stoßen und ihn dazu bringen, einen Baum abzufackeln, verschafft uns das etwas Holz zum Bauen des

Zauns, ohne einen einzigen unserer Schätze zum Tausch einsetzen zu müssen."

„Das ist eine tolle Idee", stimmte Max zu. „Allerdings glaube ich kaum, dass uns das genügend Holz einbringt."

„Dann verwenden wir das Holz eben dazu, Äxte herzustellen, falls wir es schaffen, den Creeper dazu zu bringen, den Baum abzufackeln; dann können wir selbst Bäume fällen und einen größeren und stabileren Zaun bauen", meinte Henry.

„Aber wo sollen wir einen Creeper finden?", fragte Lucy.

Es war noch helllichter Tag, und Creeper kamen lediglich nachts raus.

„Wie oft habe ich mich schon gefürchtet, wenn ich einen Creeper gesehen habe! Und nun wollen wir tatsächlich mit Absicht einen herbeirufen? Haltet ihr das wirklich für eine gute Idee?", fragte Steve skeptisch in die Runde. Irgendwie bezweifelte er die Großartigkeit von Henrys Einfall.

Während die Freunde sich unterhielten, flog eine weitere Krähe zu Steves Farm hinüber. Sie stolzierte auf dem kleinen Flecken Gras herum, der noch übrig war. Die Krähe beugte sich vor und pickte das letzte bisschen Weizen auf.

„Wir müssen bald etwas unternehmen", sagte Lucy. „Sonst ist von der Weizenfarm nichts mehr übrig."

Steve durchkämmte sein Inventar nach Holzblöcken. Dabei bestätigte es sich, dass sein Inventar nicht mehr viel hergab. Als die Sonne unterzugehen begann, suchte er immer noch.

„Klasse! Abenddämmerung! Das ist die perfekte Zeit, um einen Creeper zu finden!“, rief Henry total aufgeregt wegen der bevorstehenden Creeper-Jagd.

In der Ferne entdeckte Steve tatsächlich einen Creeper. Allerdings zögerte er, seine Gefährten auf ihn aufmerksam zu machen. Seine Freunde zeigten sich weniger zurückhaltend.

„Ein Creeper!“, rief Lucy.

„Wir müssen ihn zu einem Baum locken!“, erklärte Max.

Die Freunde legten ihre Rüstungen an und liefen auf den grünen, klobigen Creeper zu.

„Haltet Snuggles und Jasmine fern. Ozelots machen Creepern Angst!“, informierte Lucy die Übrigen, während sie sich ihrem bösen, wütenden Gegner näherten.

Steve umklammerte sein Diamantschwert fest mit den Fingern, während er die Augen nach allen möglichen feindseligen Kreaturen offen hielt, die womöglich in der Dunkelheit lauerten.

Henry und Max stürzten sich auf den Creeper und trieben ihn in Richtung einiger Bäume.

Max zückte Pfeil und Bogen und zielte auf den schwarzäugigen Widersacher.

Tick. Tick. Tick. Bumm!

Der Creeper explodierte und zerstörte dabei einen Baum dicht neben sich.

Max ging zu dem verkohlten Baum hinüber und hob

die Scheite auf. „Ich schätze, aus diesem Holz können wir mindestens zwei Äxte bauen."

„Habt ihr noch irgendwelche andere Creeper entdeckt?", fragte Lucy.

Max platzierte eine Fackel und suchte mit dem Lichtstrahl nach Creepern in der Ferne. „Ich sehe nicht das Geringste", sagte er.

„Achtung!", schrie Henry seinen Freunden plötzlich zu. „Zombies!"

Eine Gruppe grünäugiger Zombies schlurfte langsam auf Steves Hauseingang zu.

„Oh, nein!", rief Steve. „Sie reißen meine Haustür aus den Angeln!"

Ein Zombie hämmerte gegen die Tür, bis sie nachgab. Ihm folgten zwei weitere Zombies in Steves Haus.

„Scheint, als bräuchten wir noch mehr Holz", stellte Max fest.

„Dafür sicher nicht! Nächstes Mal baue ich eine Eisentür ein", stellte Steve klar. „Ich habe letztes Mal nur deshalb Holz benutzt, weil unsere Ressourcen zur Neige gegangen waren, und wir kaum noch etwas übrig hatten, nachdem Thomas mein Haus zerstört hatte! Wir müssen diese Zombies aufhalten!" Steve eilte auf sein Zuhause zu.

„Genau so was passiert, wenn man nachts rausgeht", belehrte Lucy Steve, während sie ihm dicht auf den Fersen blieb.

„Das Ganze war doch nicht meine Idee", rechtfertigte sich Steve.

Die Freunde sahen die Zombies durch Steves Haus wanken. Sie suchten nach Opfern in dem leeren Gebäude.

Als die Zombies das Haus wieder verließen, feuerte Max einen Pfeil auf einen der Untoten ab und traf voll ins Schwarze. Trotzdem lebte der Zombie noch. Steve stürmte mit seinem Diamantschwert auf die Zombies zu. Er schlug auf den geschwächten Zombie ein, bis er ihn vernichtetet hatte. Lucy, Henry und Max zogen ebenfalls ihre Diamantschwerter heraus und begannen, die Zombies zu bekämpfen.

Henry schlug mit seinem Schwert auf einen Zombie ein. Max und Lucy trieben einen weiteren Zombie in die Enge und zerstörten ihn mit ihren scharfen Klingen. Sie hatten den Zombie-Angriff überstanden.

„Wie sollen wir in einem Haus ohne Tür schlafen?“, fragte Steve, der durch sein Haus ging und den Schaden in Augenschein nahm, den die untoten Kreaturen angerichtet hatten.

„Sieht so aus, als hätten sie außer der Tür nichts kaputt gemacht“, stellte Lucy fest, die sich in Steves Wohnzimmer umsah. Die Wände des Raums schmückten edle Smaragdmuster.

„Und genau das ist ein gewaltiges Problem“, sagte Steve. „Guckt mal, was da gerade über die Schwelle krabbelt!“

Als die Freunde sich umdrehten, entdeckten sie vier rote Augenpaare, die sie vom Türrahmen her anglotzten.

„Spinnen!“ Henry lief zur Tür und schlug mit aller

Kraft auf die erste der Kreaturen ein, um den Eindringling sogleich zu vernichten.

Max, Lucy und Steve schalteten die restlichen Spinnen mit ihren Schwertern aus.

„Das wird eine lange Nacht", vermutete Steve, als er die Spinnenaugen einsammelte, die zu Boden fielen, als die Geschöpfe gestorben waren.

„Klasse, Spinnenaugen", freute sich Lucy. „Die können wir zum Brauen von Tränken benutzen."

Henry bewachte die Tür und hielt nach Gegnern Ausschau. „Keine Sorge", sagte er. „Es dämmert schon fast. Nun dauert es nicht mehr lange, bis die feindlichen Viecher verschwunden sind."

Steve war erschöpft. Gleichzeitig wusste er, dass es längst zu spät war, um mehr Schlaf als eine kleine Mütze voll zu bekommen. „Du hast recht", stimmte er zu. „Vielleicht war das der letzte Gegner."

Max entfachte eine Fackel und platzierte sie an Steves Wand, während sie gemeinsam aus dem Fenster spähten. Jeder von ihnen war bereit, sich auf sämtliche Feinde zu stürzen, die sich dem Haus näherten.

„Sieht nach einer ruhigen Nacht aus", stellte Henry fest. „Vielleicht sollten wir versuchen, ein bisschen zu schlafen. Wenn ihr wollt, halte ich bis morgen früh Wache an der Tür. Ich bin nicht sonderlich müde."

Steve war erleichtert. Er war fix und fertig. „Danke", sagte er und sah Henry mit müden Augen an.

Als sich Steve, Lucy und Max auf den Weg in ihre Betten machten, hörten sie in der Ferne einen Schrei.

„Helft mir!“, rief eine vertraute Stimme.
„Oh, nein!“, sagte Lucy. „Das ist Kyra!“
Sofort liefen alle zusammen zu Kyras Haus hinüber.

2. Kapitel

GUTE NACHBARN BRAUCHEN ZÄUNE

Die Freunde eilten Kyra zu Hilfe. Als sie ihr Haus erreichten, trug Kyra ihre Rüstung und war in ein intensives Gefecht mit zwei Spinnenreitern verwickelt.

„Zwei Spinnenreiter! Ich wusste nicht mal, dass es so was gibt", meinte Henry verwundert. Er sorgte sich um Kyra, doch gleichzeitig beeindruckte ihn der seltene Anblick.

Kyra traf der Pfeil von einem der Skelette. Sie schaffte es kaum, ihr Schwert zu heben, als das Skelett, das auf der Spinne ritt, auf sie zustürmte.

Die Spinne war nur noch Zentimeter von Kyras Arm entfernt, als Steve den Arachniden mit seinem Diamantschwert erschlug. Max schoss einen Pfeil auf den Knochenmann ab, der diesen vernichtete. Henry und Lucy bekämpften derweil den anderen Spinnenreiter. Lucy versuchte, das Skelett mit ihrem Diamantschwert zu erwischen, während sie gleichzeitig dem Pfeilregen auswich, den das Klappergestell in ihre Richtung abfeuerte. Henry schlug mit seinem Diamantschwert auf die Spinne ein. Damit schwächte er die Kreatur immer mehr, bis sie schließlich zerstört war.

„Kyra, bist du okay?", fragte Steve seine Freundin. Sie versuchte, zu ihrem Haus hinüberzulaufen, doch sie schaffte es nicht. Ihre Hungeranzeige war erschreckend niedrig.

„Hier, trink das", riet ihr Lucy, indem sie Kyra einen Heiltrank reichte. „Du fühlst dich gleich viel besser."

Kyra leerte den Trank und begann, sich besser zu fühlen. „Danke, Leute. Puh, das war Rettung in letzter Sekunde. Ich kann einfach nicht glauben, dass ich von zwei Spinnenreitern angegriffen wurde."

„Das glaube ich dir sofort!", bestätigte Henry. „Echt unfassbar."

„Ich wollte eigentlich zu Bett gehen, konnte aber nicht, wegen dieser Warnung, dass sich irgendwo in der Nähe eine feindliche Kreatur herumtreibt. Also legte ich meine Rüstung an. Ich vermutete, es handle sich nur um einen Zombie oder Creeper, aber als ich rausging, lauerten draußen vor meiner Tür diese beiden Spinnenreiter. Ich weiß nicht, wie die Sache ausgegangen wäre, wenn ihr nicht aufgetaucht wärt." Kyra war total froh, einen Nachbarn wie Steve zu haben! Er war immer für sie da, wenn sie in der Klemme steckte. Sie wusste, dass sie sich auf ihn verlassen konnte.

„Wir haben uns vorhin schon im Kämpfen und in der Verteidigung von Steves Haus geübt", erklärte Lucy, und erzählte Kyra von den Spinnen, den Zombies und dem Creeper, der den Baum zerstört hatte.

„Allerdings *wollten* wir, dass der Creeper den Baum kaputtmacht, weil wir Holz brauchen. Wir wollen einen großen Zaun rings um mein Grundstück bauen", erläuterte Steve.

„Warum?", fragte Kyra. „Willst du deine Nachbarn von deinem Haus fernhalten?"

„Nein, ich versuche nur zu verhindern, dass Krähen und Creeper mein Getreide ruinieren. Du kannst natürlich jederzeit rüberkommen, um mich zu besuchen!", versicherte Steve Kyra.

„Sobald wir mit dem großen Holzzaun fertig sind, sollten wir einen Teppich darüberlegen. Dann können zwar Leute über den Zaun springen, aber keine feindlichen Kreaturen", schlug Lucy vor.

„Ja, einen Teppich auf den Zaun zu legen ist viel besser, als ein Tor im Zaun offen stehen zu lassen", ergänzte Steve.

„Wo wir gerade von Toren und Türen sprechen: Ein Zombie hat Steves Haustür aus den Angeln gerissen. Wir müssen das schleunigst in Ordnung bringen", meinte Max, hinter dem gerade die Sonne aufging.

„Endlich! Die Morgendämmerung! Wir sind in Sicherheit." Lucy war ganz aufgeregt. Sie bot an, ein Hühnchen zu jagen, um es für die Gruppe zu braten. „Da wir letzte Nacht nicht geschlafen haben, sollten wir unbedingt etwas essen, damit wir genügend Energie besitzen, um den Zaun zu bauen."

„Und um die Tür zu reparieren", ergänzte Max.

Lucy ließ ihren Blick über das grüne Weideland schweifen und hielt nach Hühnern Ausschau. Sie entdeckte ein paar und begann, das Frühstück zuzubereiten.

In der Zwischenzeit kehrten die anderen zu Steves Farm zurück. Sie machten sich sofort an die Arbeit. Sie fällten Bäume und stellten Holzbretter für den Zaun her. Dann machten sie eine Pause, um die Brathähnchen zu essen.

„Ich schätze, wir können bis heute Abend mit dem Zaun fertig werden", sagte Henry, während er das restliche Holz in seinem Inventar zählte.

„Wir dürfen bloß die Tür nicht vergessen", erinnerte sie Lucy und nahm sich ein bisschen Hühnchen.

Die Freunde benutzten zum Bau des Zauns Holzbretter und Stöcke. Da sie alle zusammenarbeiteten, ging ihnen die Arbeit viel schneller von der Hand, als sie anfangs erwartet hatten. Außerdem waren sie zuversichtlich, dass der Zaun hoch genug war, um die Ernte vor feindlichen Kreaturen und Tieren zu schützen. Snuggles, Jasmine und Rufus saßen daneben und sahen der Gruppe beim Errichten des Zauns zu. Plötzlich hörte Steve Snuggles miauen. Er drehte sich um.

„Da kommt jemand", stellte Steve fest. „Snuggles miaut nur, wenn sich Fremde nähern."

Henry und Max zogen ihre Diamantschwerter.

„Das könnte ein Griefer sein", vermutete Henry, während er nach einem Fremden in der Ferne Ausschau hielt.

„Bist du sicher, dass Snuggles bloß dann miaut, wenn sich Fremde in der Nähe aufhalten?", fragte Lucy. Sie wollte den Zaun zu Ende bauen und die Tür reparieren, ohne sich dabei von irgendwas stören zu lassen.

„Seht!“, rief Max, als er in einiger Entfernung jemanden entdeckte.

„Das ist keine Fremde!“, informierte sie Kyra aufgeregt.

„Nein, das ist Georgia!“ Lucy lief ihrer alten Freundin entgegen.

Georgia kam zur Weizenfarm. Seit dem Bauwettbewerb auf der Pilzinsel hatte die Gruppe sie nicht mehr gesehen.

„Was machst du hier, Georgia?“, fragte Steve.

Georgia war erfreut, ihre Freunde wiederzusehen. Aber alle merkten ihr an, wie erschöpft sie war. Ihre Hungeranzeige war sehr niedrig. Lucy bot ihr etwas Hühnchen an.

„Es war ein langer Marsch. Ich dachte schon, ich komme niemals hier an.“ Georgia schaffte es kaum, die Worte über die Lippen zu bringen. Doch als sie in der Runde saß und Hühnchen aß, ging es ihr sofort besser.

„Wo lebst du denn?“, fragte Henry.

„Ich lebe in einem Dorf sehr weit von hier. Noch hinter dem Tafelberg-Biom und dem Blumenwald“, erklärte sie.

„Das ist wirklich ziemlich weit weg“, stimmte Steve zu. Natürlich hatte er schon von dem berühmten Blumenwald mit seinen wunderschönen Tulpen gehört, doch bislang hatte ihn keines seiner Abenteuer dorthin geführt.

„Trotzdem musste ich herkommen“, sagte Georgia. „Denn ihr seid die Einzigen, die uns helfen können.“

„Uns?“, fragte Steve.

„Meinem Dorf. Es wurde zerstört. Ihr seid unsere einzige Hoffnung, um unser Überleben zu sichern.“ Georgia sah die Freunde an. „Ihr habt so tolle Arbeit geleistet, als ihr den Bauwettbewerb gerettet habt. Und ihr seid die besten Krieger, denen ich je begegnet bin.“

Steve konnte kaum glauben, dass Georgia sie als *Krieger* bezeichnete. Er schaute die anderen an. Steve war vollkommen klar, dass sie Georgia und ihrem Dorf beistehen mussten.

„Wir werden euch helfen!“, sagte er deshalb.

„Was ist mit deinem Dorf passiert?“, fragte Lucy.

Georgia fing an zu berichten. Plötzlich hielt sie inne und brach in Tränen aus.

3. Kapitel

DIE GESCHICHTE DER SKELETTE

Georgia erzählte Steve und den anderen vom Schicksal ihres Dorfes. „Jeden Abend stürmt eine Armee von Skeletten durch den Ort und greift uns an. Sie sind dabei, mein ruhiges Dorf komplett zu zerstören. Meine Freunde und ich verbringen unsere gesamte Zeit damit, unsere Straßen vor den Attacken zu sichern. Aber das bringt nicht wirklich viel."

„Wie schrecklich", sagte Lucy mitfühlend.

Steve eilte zu seiner Truhe hinüber und öffnete sie, um seine Rüstung und sein Diamantschwert herauszuholen. Er legte die Rüstung an und kehrte rasch zur Gruppe zurück. „Wir müssen Georgias Dorf retten. Macht euch bereit!"

Die Freunde folgten Steves Beispiel und füllten ihre Inventare mit allen Gegenständen, die für den Kampf und die lange Reise zu Georgias Dorf nötig waren. Sie wollten für alle Fälle gewappnet sein.

Während sie ihre letzten Vorräte zusammensammelten, brach die Nacht herein. „Wir können jetzt nicht aufbrechen", erklärte Steve. „Wir würden nur all unsere Energie vergeuden. Wir müssen abwarten."

Lucy entdeckte in der Ferne einen Creeper und griff zu Pfeil und Bogen.

Kabumm!

„Wir sollten zu Bett gehen", riet Kyra.

„Aber ich habe keine Tür", sorgte sich Steve mit einem Blick auf sein Haus. Nach Georgias Ankunft hatten sie die Bauarbeiten am Zaun und der Haustür komplett eingestellt.

„Dann gehen wir eben zu mir", schlug Kyra vor.

Die Gruppe eilte in Richtung Kyras Haus. Bald kam Kyras Haustür in Sicht, die jedoch von zwei Endermen „bewacht" wurde. Die Endermen hielten Blöcke in den Händen, während ihre lila Augen am Nachthimmel glühten.

„Seht sie nicht an!", ermahnte Steve die anderen.

Doch es war bereits zu spät. Unbeabsichtigt stellte Henry Blickkontakt zu einem der Endermen her, der sein Maul öffnete und sich angriffsbereit machte. Henry zückte sein Diamantschwert, während der Enderman kreischte und sich auf ihn zu teleportierte.

„Lock ihn zum Wasser!", rief Steve Henry zu.

Henry rannte auf den Strand des Dorfes zu. Er hörte, wie das schrille Kreischen des Enderman immer lauter wurde. Er lief so schnell er konnte, doch der Lärm, den der Enderman machte, war ohrenbetäubend, während das Ufer noch immer viel zu weit weg war, sonst hätte er sich retten können, indem er ins Wasser gestürzt wäre. Aber so … wirbelte Henry herum, und schlug mit seinem Diamantschwert nach dem Enderman. Die Klinge traf die Brust des Enderman, konnte den mächtigen Gegner jedoch nicht vernichten. Henry verpasste dem Enderman einen zweiten Hieb. Der Enderman erzitterte und attackierte daraufhin Henry. Max eilte mit einem Eimer Wasser zu Henry hinüber. Er schüttete das Wasser über den Enderman, um die düstere, schlaksige Kreatur damit zu zerstören.

„Danke, Max. Was ist mit dem anderen Enderman passiert?", fragte Henry.

„Kyra hat ihm einen Eimer Wasser über den Kopf geschüttet", berichtete Max seinem Freund auf dem Rückweg zu Kyras Haus.

Als Henry sich dem Haus näherte, konnte er die anderen nirgends sehen. „Wo sind denn alle?"

„Im Bett. Und wir sollten uns ebenfalls hinlegen und etwas schlafen, bevor wir zu unserer Reise zu Georgias Dorf aufbrechen", fand Max.

In diesem Moment lief Steve aus Kyras Haus und rief: „Achtung Jungs! Zombies!"

Max und Henry zogen ihre Diamantschwerter und machten sich bereit, gegen die Zombies zu kämpfen. Doch die Untoten waren so zahlreich, dass die drei Freunde keine Chance gegen die Zombies gehabt hätten.

„Hol die anderen!", rief Henry Steve zu.

Max kämpfte mit großem Geschick gegen drei Zombies. Aber diese Zombie-Invasion war selbst für einen meisterlichen Schwertkämpfer wie ihn zu viel.

Kyra, Lucy und Georgia stürzten sich ins Gefecht und warfen sich mit ihren Schwertern auf die Zombies.

Georgia besaß lediglich ein Holzschwert. „Mein Diamantschwert wurde mir auf dem Weg hierher von einem Griefer gestohlen“, erklärte sie.

„Das ist ja grässlich“, sagte Lucy angewidert, während sie mit ihrem mächtigen Diamantschwert auf einen Zombie einschlug. „Wir werden dir dabei helfen, ein neues Diamantschwert zu schmieden und es zu verzaubern. Das wirst du für die Rückreise in dein Dorf brauchen.“

Jetzt waren noch drei Zombies übrig. Max griff zu Pfeil und Bogen, zielte sorgsam, bevor er drei Pfeile abfeuerte, die jeweils einen der Zombies trafen und zerstörten. Henry sah voller Ehrfurcht zu.

„Wow, Max, du bist wirklich ein meisterhafter Kämpfer!“, lobte Henry ihn und lächelte.

„Ich bin froh, dass du uns auf der Reise in mein Dorf begleitest, Max. Ich glaube nicht, dass es uns ohne dich gelingen würde, die Skelette zu besiegen“, fügte Georgia hinzu.

Steve beobachtete seine Freunde. Alle gratulierten Max. Steve wusste, dass Max ein talentierter Kämpfer war, dennoch machte er sich Sorgen darüber, dass die Skelette ihnen zahlenmäßig vielleicht bei Weitem überlegen sein könnten. Trotzdem blieb er bei dem Entschluss, dass sie Georgia helfen mussten. Im Stillen hoffte er, dass sich die ganze Aktion am Ende lohnen würde.

Georgia bemerkte Steves nachdenkliche Miene und

sagte: „Ich merke dir an, dass du dir wegen unserer Reise Gedanken machst, Steve."

„Ja, das tue ich", gab er zu. „Ich habe Angst, dass wir dich und dein Dorf enttäuschen könnten. Was, wenn wir euer Zuhause nicht retten können?" Während er sprach, tigerte Steve unruhig um Kyras Haus herum.

„Du hast recht", bestätigte Lucy. „Vielleicht können wir Georgias Dorf wirklich nicht vor diesen bösen Skeletten retten. Aber das werden wir nie erfahren, wenn wir es nicht wenigstens versuchen. Außerdem können wir keine Freundin im Stich lassen, die unsere Hilfe benötigt."

Steve wusste, dass Lucy recht hatte. „Das weiß ich doch auch. Trotzdem müssen wir auf alles vorbereitet sein! Wir brauchen einen Plan."

„Ich denke, das Erste, das ganz oben auf unserer Liste steht, ist: Für Georgia ein Diamantschwert herzustellen", mischte Max sich ein. Er klappte seine Truhe auf und gab Georgia zwei Diamanten. „Hier, nimm die, und ich helfe dir dabei, ein mächtiges Zauberschwert zu craften."

Georgia war vollkommen überrascht. Sie hatte keine Ahnung, wie sie Max für seine Großzügigkeit danken sollte. Diamanten waren ungeheuer schwer zu finden, und sie einfach herzugeben, ohne sie gegen irgendetwas anderes eintauschen zu wollen, war viel mehr als nur eine freundliche Geste.

Steve holte seine Werkbank hervor, und sie begannen, an Georgias Schwert zu arbeiten.

„Wir können dieses Zauberbuch verwenden", bot Lucy an, die ein Buch aus ihrer Truhe gefischt hatte und damit begann, das Schwert auf Kyras Amboss zu verzaubern.

Schließlich hielt Georgia ihr Schwert in die Höhe und schwang es durch die Luft. „Dieses Schwert ist fantastisch und sogar noch stärker als mein altes! Danke, Leute!"

Die Freunde sammelten die restlichen Vorräte für ihre Reise zu Georgias Dorf zusammen.

Eine Spinne krabbelte an Kyras Haus vorbei. Georgia lief hinaus und tötete sie mit einem einzigen Schlag ihres neuen Schwerts.

„Ich war noch nie so gespannt darauf, die Nacht hereinbrechen zu sehen", rief Georgia begeistert.

„Zügle deine Aufregung lieber ein bisschen", drosselte Steve ihre Begeisterung. „Wir sollten zu Bett gehen. Wir müssen uns für die Reise ausruhen."

Endlich legten sie sich schlafen. Rings ums Haus lauerten keine weiteren feindlichen Kreaturen. Steve machte es sich in einem der Betten in Kyras Haus bequem. Sein Herz schlug sehr schnell, wenn er an das bevorstehende Abenteuer des morgigen Tages dachte. Er stellte sich vor, welche Angst die Leute in Georgias Dorf jede Nacht ausstehen mussten. Er konnte sich beim besten Willen nicht vorstellen, dass seine Freunde Eliot der Schmied und Avery die Bibliothekarin eine nächtliche Schlacht überstehen und in einem Ort leben könnten, der ständig von Skeletten angegriffen wurde. Steve atmete tief durch. Er wusste, dass er stark sein musste, wenn er diesen Dorfbewohnern helfen wollte. Mit diesem Gedanken schlief er ein.

4. Kapitel

DIE REISE ZUM DORF

Die Sonne schien, und die Freunde waren bereit, zu ihrer großen Reise aufzubrechen. Als sie Kyras Haus verließen und an Steves Weizenfarm vorbeimarschierten, bemerkten sie, dass etwas fehlte.

„Steve!", rief Lucy. „Wir haben deine Tür gar nicht repariert!"

Henry schnappte sich ein paar Eisenbarren aus seinem Inventar und machte sich rasch daran, für Steve eine Tür zu bauen.

„Ich weiß, dass wir den lieben langen Tag warten müssten, wenn wir dich die Tür entwerfen ließen. Du bist ein Perfektionist beim Bauen", witzelte Henry. Die anderen halfen ihm dabei, die Tür zu craften. Sie versuchten, ihr Vorhaben so schnell wie möglich zu Ende zu bringen, weil sie endlich zu Georgias Dorf aufbrechen wollten.

Henry hängte die Tür in die Angeln. „Was hältst du davon?"

Steve musterte die Eisentür an seinem Steinhaus.

„Sieht toll aus. Ab jetzt werde ich jedes Mal an euch denken, wenn ich ins Haus gehe."

„Klasse!", freute sich Lucy. „Und jetzt auf, zu Georgias Dorf. Wir müssen eine Armee Skelette verdreschen."

Die Gruppe marschierte über die grünen Wiesen rings um Steves Dorf und bahnte sich ihren Weg in das Sumpfland außerhalb der Ortschaft.

„Ich hasse das Sumpf-Biom", meinte Kyra, als sie an Eichenbäumen vorbeikamen, die von Ranken bedeckt waren.

„Warum?", fragte Georgia.

Kyra spazierte am Ufer entlang und betrachtete die Seerosenblätter, die im trüben Wasser trieben. „Der Sumpf hat irgendwie etwas echt Unheimliches an sich. Außerdem habe ich Angst vor Schleim."

„Um Schleim brauchen wir uns keine Sorgen zu machen", beruhigte sie Henry. „Es ist immer noch hell."

„Vor Hexen müssen wir uns allerdings schon vorsehen", warnte Max und wies auf ein Hexenhaus einige Schritte vor ihnen.

„Oh nein!", rief Lucy.

„Nur die Ruhe", besänftigte sie Max. „Vielleicht ist die Hütte verlassen."

Eine Fledermaus flatterte über sie hinweg. Langsam ging die Sonne unter.

„Wir müssen die Nacht im Sumpf verbringen." Kyras Stimme zitterte. Der Gedanke machte ihr Angst.

„Können wir noch schnell ein Haus bauen?", fragte

Georgia. Sie mochte den Sumpf auch nicht und hatte wenig Verlangen danach, die Nacht ungeschützt im Freien zu verbringen.

„Ich glaube nicht, dass uns dafür genügend Zeit bleibt", sagte Steve genau in dem Augenblick, als eine Hexe mit weißen, leeren Augen aus der Hütte auftauchte. Die Hexe trug ein violettes Gewand und hielt eine Flasche mit einem Trank umklammert.

„Was sollen wir jetzt tun?", rief Georgia.

Max schnappte sich Pfeil und Bogen und zielte auf die böse Hexe, doch der Pfeil verfehlte ihren Körper und traf stattdessen ihren schwarzen Hut.

„Versuch's noch mal!", spornte Georgia ihn an.

Max schoss noch einen Pfeil ab, der die Hexe zwar in den Bauch traf, aber nicht die geringste Wirkung zeigte. Stattdessen trank die Hexe den Trank und wurde daraufhin stärker und schneller. Sie raste auf die Gruppe zu.

Georgia zückte ihr neues, mächtiges Diamantschwert und attackierte die Hexe.

„Nimm das!", sagte Georgia, als sie nach der Hexe schlug.

Die Hexe bespritzte Georgia mit einem Trank, und urplötzlich fühlte Georgia sich unglaublich müde. „Was hat sie mit mir gemacht?", fragte Georgia, als alle Kraft aus ihrem Körper wich.

Max schoss noch einen Pfeil auf die Hexe ab und traf sie ins Bein.

„Gute Arbeit, Max! Die Hexe wird schwächer", stellte

Henry fest. Daraufhin verpasste er der Hexe einen kraftvollen Hieb mit seinem Diamantschwert.

Lucy lief zu Georgia hinüber und gab ihr etwas Milch zu trinken. „Du wirst dich gleich wieder besser fühlen. Sie hat dich mit einem Trank der Vergiftung erwischt, aber die Milch wird dir helfen, dich zu erholen", versicherte Lucy ihrer Freundin.

Die Hexe nahm einen weiteren Schluck aus ihrer Flasche und wurde wieder stärker. Sie sprintete auf Kyra und Max zu. Sie versuchten sich zur Wehr zu setzen, aber es war bereits zu spät. Die Hexe bespritzte die beiden mit dem Trank der Vergiftung.

Lucy und Steve zogen ihre Diamantschwerter und droschen mit aller Kraft auf die unheimliche, böse Hexe ein. Als die Hexe schließlich vernichtet war, ließ sie eine Glasflasche und ein Spinnenauge zurück. Steve hob die Gegenstände auf, während Lucy zu ihren Freunden hinübereilte und ihnen etwas Milch zu trinken gab.

„Wie sollen wir nur die Nacht überstehen?", fragte Kyra. „Ich kann mich kaum rühren."

Georgia ging zu Kyra und Max hinüber. „Die Milch hilft wirklich. Vorhin konnte ich mich überhaupt nicht mehr bewegen, und jetzt fühle ich mich wieder bestens."

Eine Fledermaus flog ganz dicht über Steves Kopf hinweg. „Ist das ein Zeichen dafür, dass wir es bald mit der nächsten Hexe zu tun bekommen?"

Die Fledermaus flatterte vor dem Vollmond dahin. Die Freunde standen da und dachten darüber nach, was sie als Nächstes tun sollten. Doch zuerst mussten sie sich von dem Hexen-Angriff erholen. Aber dafür sollten sie keine Zeit haben.

In die Stille hinein sagte Lucy plötzlich: „Was war das für ein Geräusch?"

„Ich habe nichts gehört", entgegnete Henry.

„Psst!", machte Lucy. „Hört doch!"

Die Gruppe war ganz leise. „Hört ihr das denn nicht?", fragte Lucy wieder.

Platsch! Platsch! Plopp!

Tatsächlich. Aus einer nahe gelegenen Höhle drangen leise Laute.

„Hört sich nach Schleim an!", rief Henry. „Sind alle bereit? Wir müssen die Schleime angreifen, ehe sie uns auf die Pelle rücken."

„Oh bitte, keine Schleime!" Kyra war außer sich vor Angst.

„Zu spät!" Max zeigte auf vier Schleime, die auf die Gruppe zuhüpften. Das Geräusch der glibberigen Kreaturen wurde zunehmend lauter, als die mittelgroßen Schleimwesen angriffsbereit auf die Freunde zukamen.

Georgia schlug mit ihrem Diamantschwert nach einem der Schleime. Der Schleim spaltete sich in zwei kleinere Schleime. „Hilfe!", rief sie. Max nutzte das letzte bisschen Kraft, das ihm noch geblieben war, um die beiden kleineren Schleime zu zermalmen.

Drei grüne Würfel stürzten sich auf Kyra. Sie wehrte sich, aber sie brauchte Hilfe. Die Freunde schlossen sich Kyra in ihrem Kampf gegen die zähflüssigen grünen Biester an.

Doch jedes Mal, wenn sie die auf und ab hüpfenden Kreaturen erwischten, entstanden noch mehr Schleime. „So nimmt das nie ein Ende!“, rief Henry, während eine Armada kleiner Schleime um die Gruppe herumhopste.

Einer der Schleime landete einen Treffer bei Steve, und sofort war seine Gesundheitsanzeige so gut wie leer. Wütend schlug er nach einem Schleim, doch das Ding sprang hoch in die Luft und prallte gegen ihn.

„Wir müssen Steve helfen!“, sagte Lucy, während sie gegen ihren Schleim-Widersacher kämpfte. „Sonst ist er bald erledigt!“

Zwei Schleime drängten Steve in die Enge und warfen sich gegen ihn. Er hatte nicht mehr genügend Energie, um sie sich mit seinem Diamantschwert vom Hals zu halten. Er war vollkommen erschöpft. Steve brauchte Hilfe, und zwar schnell.

Lucy zerstörte die Schleime, die sie attackierten, und eilte an die Seite ihres Freundes. Doch dann griff sie ein Schleim an. Henry und Kyra gesellten sich zu Steve und bekämpften die Schleime. Endlich, endlich vernichteten sie die wabbeligen Dinger. Die Schleime waren besiegt.

„Hört ihr noch weitere Schleime?“, fragte Steve schwach.

Seine Freunde, die ihn umstanden, schüttelten die Köpfe. Sie gaben ihm einen Heiltrank und beobachteten, wie er Schluck für Schluck aus der Flasche sog. Er hoffte, der Trank würde ihn schnell wieder zu Kräften kommen lassen.

5. Kapitel

DIE GRIEFER-SCHLACHT

Steve kippte den Trank ganz hinunter und erholte sich wieder. Es zeigte sich schon die Morgenröte des neuen Tages, als die Gruppe ihre Reise zu Georgias Dorf schließlich fortsetzte.

Das Sumpf-Biom ging in ein bergiges Biom über. Sie erklommen einen riesigen, schneebedeckten Berg, wofür sie ihre gesamte Energie verbrauchten. Als sie auf dem Berggipfel standen, schweifte Georgias Blick in die Ferne. „Ich glaube, ich kann mein Dorf sehen. Jetzt ist es nicht mehr allzu weit."

„Von hier oben wirkt alles kleiner, als es in Wirklichkeit ist", gab Henry zu bedenken. „Freu dich also lieber nicht zu früh! Wir haben noch einen langen Weg vor uns."

Die Freunde stiegen den Berg hinunter und betraten einen Wald. „Passt auf, dass wir uns hier nicht verirren", ermahnte Steve sie. „Es liegen jede Menge Blätter herum. Deshalb kann man nur schwer erkennen, wohin man tritt und wo's langgeht."

Sie folgten langsam dem belaubten Pfad, bis sie auf einen Dschungeltempel stießen. Der prächtige Tempel stand am Ufer eines kleinen Flusses. Bäume tauchten einen Großteil des Gebäudes in Schatten.

„Wow!", rief Lucy. „Schätze!"

„Haben wir auf unserer letzten Expedition nicht genug Schätze gefunden?", fragte Steve. Daraufhin erinnerte er seine Gefährten daran, warum sie zu dieser Reise aufgebrochen waren. „Wir müssen Georgias Dorf retten. Es dauert nicht mehr lange, bis die Nacht hereinbricht. Vermutlich haben die Leute ohnehin schon genügend Angst davor, dass sie heute wieder angegriffen werden. Wir müssen an die Dorfbewohner denken."

„Ich schätze, du hast recht", entgegnete Lucy.

Deshalb einigten sich die Freunde darauf, sich einen Abstecher zu dem Dschungeltempel für ein andermal aufzuheben. Plötzlich raunte Max ihnen zu: „Seht, da ist ein Regenbogen-Griefer!"

Der Regenbogen-Griefer stand vor dem Dschungeltempel und schien zwei unschuldige Leute in Lederrüstungen zu bedrohen.

„Ihre Rüstungen sind nicht annähernd stark genug, um sie vor dem Griefer zu schützen", sagte Henry, der die beiden Leute beobachtete.

Der Regenbogen-Griefer zog sein Schwert und richtete die Klinge auf seine beiden Opfer. Max konnte nicht einfach tatenlos zusehen, wie der Griefer unschuldige Leute terrorisierte. Deshalb nahm er Pfeil und Bogen zur Hand und legte auf den Regenbogen-Griefer an. Der

Pfeil sauste über den grasbewachsenen Pfad und traf den Griefer in die Brust.

Der Regenbogen-Griefer geriet außer sich vor Wut. Seine Blicke suchten den Wald nach dem Schützen ab, der ihn angegriffen hatte.

Die beiden in Leder gekleideten Gestalten nutzten die Gelegenheit, um den Griefer mit ihren Holzschwertern zu attackieren. Der Griefer versuchte, sich zur Wehr zu setzen. In diesem Augenblick schoss Max einen weiteren Pfeil ab, der sich in den Arm des Griefers bohrte.

„Los, geben wir dem Griefer den Rest!", rief Max und übernahm die Führung, als er mit seinen Gefährten auf den Regenbogen-Griefer zumarschierte.

Die Freunde zückten ihre Schwerter, umzingelten den Griefer und schlugen auf ihn ein, bis er schließlich vernichtet war.

„Danke!", sagte eins der Mädchen. „Ihr habt uns gerettet. Ich bin Sophie, und dies ist meine Freundin Tatiana." Sie lächelte und fragte: „Wie können wir das nur wiedergutmachen?"

Die Freunde stellten sich nacheinander den Mädchen vor, und Max sagte: „Ihr braucht nichts wiedergutzumachen. Ihr seid uns nichts schuldig. Wir konnten einfach nicht vorbeigehen und zusehen, wie ihr von einem Regenbogen-Griefer attackiert werdet. Wir hatten früher schon mit Regenbogen-Griefern zu tun und wissen, welch grausame Gegner sie sind."

„Bis heute habe ich noch nie einen zu Gesicht bekommen", sagte Sophie. „Ich dachte gerade bei mir, wie hübsch und bunt diese Viecher doch eigentlich sind, als das Ding mich entdeckte und angriff."

„Ich glaube nicht, dass der Griefer allein ist", warnte Tatiana. „Ich bin mir ziemlich sicher, dass sich in dem Tunnel noch andere tummeln."

Steve fragte sich, ob sie den Tempel betreten und die bösen Griefer angreifen sollten. Vielleicht war es aber auch besser, einfach von hier zu verschwinden, solange sie die Chance dazu hatten? Er dachte über die Griefer nach. Gleichzeitig wusste er, dass sie jeden Unschuldigen angreifen würden, der den Dschungeltempel betrat. Er wollte die richtige Entscheidung treffen. Deshalb fragte er seine Freunde: „Meint ihr, wir sollten in den Tempel gehen?"

„Ja!", antwortete Henry vergnügt.

„Aber mein Dorf ..." Georgia war hin- und hergerissen.

„Nun, da Sofie und Tatiana sich uns angeschlossen haben, sind wir ihnen zahlenmäßig mit Sicherheit überlegen. Unsere Chancen auf einen einfachen Kampf stehen gut", erklärte Steve.

Sophie und Tatiana sahen einander an, bis Sophie sagte: „Ich glaube nicht, dass wir gut genug ausgerüstet sind, um gegen irgendwen zu kämpfen. Seht euch unsere Rüstungen an. Wir sind nicht mit Diamantschwertern bewaffnet wie ihr."

„Na ja, wir haben jedenfalls nicht die Zeit, tatenlos rumzusitzen und darüber zu diskutieren", sagte Max. „Wir werden diese bösen Regenbogen-Griefer unschädlich machen. Sie haben bereits mehr als genug Unheil angerichtet und müssen aufgehalten werden."

Max stürmte in den Dschungeltempel. Ein Regenbogen-Griefer ging auf ihn los, aber Max verpasste ihm einen Hieb mit seinem Diamantschwert. Auch Henry versetzte dem Griefer einen Schlag. Er verlor rapide Energie.

„Ich überprüfe die Schatzkammer", sagte Lucy knapp, während die Freunde gegen die Griefer kämpften. Kyra folgte Lucy. Sie marschierten durch den Tempel, suchten jeden Raum nach Regenbogen-Griefern ab und liefen die Treppe ins Untergeschoss hinunter, in dem der Schatz versteckt war.

Max, Henry und Steve folgten ihnen die Treppe hinunter.

„Wir haben den Griefer vernichtet", informierte sie Max, als sie sich ihren Weg in Richtung des Schatzes bahnten.

„Was ist mit Sophie und Tatiana passiert?", fragte Lucy.

„Sie sind nicht mit reingekommen", entgegnete Max. „Ich nehme an, sie sind einfach wieder nach Hause gegangen."

Das Untergeschoss war leer. Allerdings war der Schatz noch da. Das erkannten sie daran, dass das Rätsel noch nicht gelöst worden war. Auf Steinsockeln thronten drei Hebel, und bislang hatte niemand die Kolben aktiviert. Die Freunde gingen an dem Rätsel vorbei und näherten sich der Kammer mit der Schatztruhe, die durch eine

Falle gesichert war, als aus der Kammer eine Armee von Regenbogen-Griefern auf sie zurannte.

Max bekämpfte die Griefer geschickt mit seinem Diamantschwert. Henry schleuderte ihnen einen Trank der Langsamkeit entgegen. Lucy, Kyra und Steve kämpften mit ihren Schwertern gegen so viele Griefer, wie sie nur konnten. Alle aus der Gruppe waren an dem Gefecht beteiligt und verloren Energie. Die Griefer befanden sich in der Überzahl, und die Freunde brauchten Hilfe.

Sie setzten ihre gesamten kämpferischen Fähigkeiten ein, um die Griefer abzuwehren, aber sie brauchten dennoch dringend Verstärkung.

Steve wusste, dass die Schlacht bald vorüber sein würde, sofern sie keine Unterstützung bekämen. In Kürze würden sie alle auf seiner Weizenfarm respawnen, und dann mussten sie noch mal ganz von vorne beginnen. Längst bereute er seinen Entschluss, die Höhle zu betreten. Er nutzte gerade seine verbliebene Kraft, um einen Regenbogen-Griefer zu vernichten, als zwei weitere Gegner die Treppe herunterliefen.

„Es sind einfach zu viele!“, rief Max. „Wir hätten nur eine Chance zu gewinnen, wenn wir ein paar Leute hätten, die uns helfen!“

Max' Wunsch erfüllte sich. Sophie und Tatiana sprangen die Treppen herab und stürzten sich auf die Horde der Regenbogen-Griefer. Sie mochten vielleicht nur Lederrüstungen tragen, aber sie waren extrem gute Kämpferinnen. Mit drei Schlägen gelang es ihnen, zwei Regenbogen-Griefer zu vernichten.

Während Steve gegen einen Regenbogen-Griefer mit einem Holzschwert kämpfte, keimte in ihm allmählich die Hoffnung, dass sie das Gefecht womöglich doch noch gewinnen und mit dem Schatz von hier verschwinden konnten.

6. Kapitel

DER BLUMENWALD

Der letzte Regenbogen-Griefer war vernichtet. Die Freunde standen vor dem Schatz des Dschungeltempels.

„Wir müssen aufpassen, dass wir nicht auf Stolperdrähte treten und draufgehen, wenn wir den Schatz hier rausschaffen“, warnte Steve die Übrigen. „Wir müssen über die Stolperdrähte springen.“

Steve holte seine Spitzhacke hervor, um die Steinmauer zu durchbrechen, und öffnete die Truhe. Sie enthielt Diamanten und verrottetes Fleisch.

„Igitt“, sagte Kyra und starrte das verrottete Fleisch an.

„Wen juckt schon verrottetes Fleisch?“, meinte Lucy. „Seht euch diese blauen Diamanten an!“

Steve teilte den Schatz unter der Gruppe auf. „Jetzt könnt ihr euch Diamantrüstungen und -schwerter machen“, sagte er zu Tatiana und Sophie.

„Danke!“, freute sich Sophie.

Es war schon fast Zeit für die Abenddämmerung, und die Freunde mussten sich eine Zuflucht für die Nacht suchen. „Es wird gleich dunkel“, sagte Steve. „Ich denke, wir sollten hier bleiben.“

„Gute Idee. Wir haben genügend Fackeln, um uns vor feindlichen Kreaturen zu schützen, die hier spawnen könnten“, versicherte Max.

Sophie und Tatiana gingen in Richtung Tempelausgang.

„Wo wollt ihr hin?“, fragte Lucy.

„Ihr wart uns eine große Hilfe“, antwortete Tatiana. „Aber wir wollen euch nicht länger stören.“

„Ihr seid herzlich willkommen bei uns“, widersprach Georgia. „Wir freuen uns über neue Freunde.“

Sophie und Tatiana lächelten. „Wirklich?“, fragte Sophie. „Ihr seid echt unglaublich nett.“

Die Gruppe wartete auf die Morgendämmerung. Georgia tigerte hin und her. Sie machte sich Sorgen um ihr Dorf. „Ich frage mich, was heute Nacht bei mir zu Hause passiert ist, und wie schlimm der Skelett-Angriff auf mein Dorf diesmal war.“

„Welcher Skelett-Angriff?“, fragte Sophie.

Georgia erzählte Sophie alles über die Attacken auf ihr Dorf.

Sophie war total bestürzt. „Wir wollen deinem Dorf helfen. Wir haben etwas ganz Ähnliches erlebt. Mein ganzes Heimatdorf wurde zerstört. Tatiana und ich sind die einzigen Überlebenden. Früher hatten wir einen wundervollen Schmied namens Eliot und großartige Läden, um Handel zu treiben, aber jetzt ist alles bis auf den Grund abgebrannt. Irgendjemand meinte zwar,

Eliot hätte überlebt, aber vermutlich sehe ich ihn nie wieder."

„Eliot?", wiederholte Steve aufgeregt. „Genau so heißt der Schmied in meinem Dorf."

„Tatsächlich?", fragte Sophie überrascht. „Vielleicht meinen wir ja ein und denselben!"

„Sobald wir Georgias Dorf geholfen haben, solltest du mich in mein Dorf begleiten, um zu sehen, ob wir vom selben Schmied reden. Es könnte euch dort gefallen. Es ist sehr friedlich und alle sind nett. Ich besitze eine großartige Weizenfarm in der Nähe", erzählte Steve.

„Das klingt wunderbar, Steve", sagte Sophie.

„Es wäre schön, wieder ein Zuhause zu haben", fügte Tatiana hinzu.

„Und ich bin froh darüber, dass wir noch mehr Unterstützung im Kampf gegen diese Skelette haben." Georgia lächelte.

Die Sonne ging auf. Die Freunde verließen den Dschungeltempel und waren überrascht, in der Ferne den Blumenwald auszumachen.

Georgia sah die bunten Blumen und rief: „Seht! Ich sagte euch doch, dass es nicht mehr weit ist! Wir sind fast da. Heute Nacht können wir dabei helfen, die Dorfbewohner zu retten!"

Während sie sich dem Blumenwald näherten, lenkten Steve die lebendigen Farben der roten, orangefarbenen und violetten Tulpen ab. Kaninchen hoppelten friedlich in der farbenfrohen Landschaft umher.

„Kaninchen!", rief Sophie vergnügt. „Ich wünschte,

ich hätte eine Karotte, dann hätte ich ein neues Haustier."

„Haltet euch lieber von den Kaninchen fern", warnte Lucy. „Wir sind schon mal einem Killerkaninchen begegnet."

„Killerkaninchen gibt es nicht", widersprach Tatiana.

„Doch, es gibt sie", behauptete Max. „Vor gar nicht allzu langer Zeit wurden wir von einem Kaninchen fast getötet."

Lucy umrundete einen Busch Tulpen. „Wir sollten Blumen pflücken und Farbstoff daraus herstellen. Damit können wir eure Lederrüstungen färben", schlug Lucy Sophie und Tatiana vor.

Die Gruppe sammelte Tulpen, Sonnenblumen und Gänseblümchen. „Wir dürfen aber nicht zu viel Zeit mit Blumenpflücken verbringen", gab Georgia zu bedenken. „Bald wird es dunkel und wir müssen noch das Tafelberg-Biom durchqueren, bevor wir zu meinem Dorf gelangen."

„Aber die Blumen sind so hübsch. Ich wünschte, wir könnten noch länger hierbleiben", sagte Kyra.

Max glaubte, hinter den bunten Blumen eine Bewegung wahrgenommen zu haben. Vermutlich ein Kaninchen, dachte er.

Steve hingegen trat näher an das Blumenbeet heran, bei dem Max die verdächtige Bewegung entdeckt hatte. Steve begann, die Blumen zu pflücken, bis Max rief: „Vorsicht, Steve!"

Doch es war bereits zu spät. Ein Regenbogen-Griefer

raste auf Steve zu und erwischte ihn mit seinem Diamantschwert. Sofort fiel Steves Gesundheitsanzeige in den Keller. Dieser eine Schlag hatte genügt, um ihn zu vernichten.

„Steve!“, schrie Lucy.

„Wo ist er hin?“, fragte Kyra.

Max attackierte den Regenbogen-Griefer und hieb mit seinem Diamantschwert auf ihn ein. Auch die anderen stürzten sich auf den Griefer. Sie umzingelten ihn, um ihn zu zerstören.

„Ich kann nicht glauben, dass Steve fort ist.“ Lucy begann zu weinen.

„Vermutlich ist er in Kyras Haus respawnt. Er wird es niemals rechtzeitig wieder hierher zurückschaffen“, sagte Georgia.

Max ging zu dem Blumenbeet hinüber, um Steves Sachen einzusammeln. Mit Steves Schwert in den Händen kehrte er zur Gruppe zurück.

„Das ist Steves Diamantschwert“, heulte Lucy. „Er hat so hart daran gearbeitet, dieses Schwert zu craften und die Diamanten dafür zu bekommen. Alles, was er damals wollte, war, sein Dorf vor dem Zombie-Angriff zu schützen, und jetzt hat er nicht mal mehr sein Schwert. Selbst, wenn er versucht, hierher zurückzukommen, hat er unterwegs keine Möglichkeit, sich zu verteidigen.“

„Was können wir tun?“, fragte Henry.

„Sollen wir zur Weizenfarm zurückgehen?“, fragte Kyra.

„Ich bin hin- und hergerissen", gestand Georgia. „Einerseits will ich Steve helfen, aber anderseits muss ich mein Dorf retten. Das ist alles so frustrierend."

Max hielt Steves Diamantrüstung in die Höhe. „Und die hier braucht Steve auch. Armer Kerl. Er ist sicher untröstlich, weil ihm das passiert ist."

„Garantiert", sagte Lucy mitfühlend.

Ein Pfeil zischte auf die Gruppe zu. „Oh, nein!", rief Max. „Noch mehr Regenbogen-Griefer!"

Kyra dachte daran, sich von dem Regenbogen-Griefer besiegen zu lassen, damit sie Steve auf der Weizenfarm helfen konnte. Bevor sie jedoch dazu kam, vernichtete Max den Griefer bereits mit zwei Schlägen. Er war ein geschickter Schwertkämpfer.

Die Freunde hielten nach weiteren Regenbogen-Griefern in der Ferne Ausschau, entdeckten aber keine.

Auf einmal nahm Max eine Bewegung wahr, spannte seinen Bogen, und begann zu feuern.

„Stopp! Nicht schießen!", rief da eine vertraute Stimme.

„Steve!", rief Kyra froh.

„Wie bist du so schnell wieder hierhergekommen?", fragte Georgia überrascht.

„Mein Freund Alex hat mir beigebracht zu teleportieren. Das war das erste Mal überhaupt, dass ich mich teleportiert habe. Ich kam mir vor wie ein Enderman. Ich bin heilfroh, dass es funktioniert hat. Jetzt kann ich euch beim Kampf gegen diese bösen Skelette helfen", sagte Steve lächelnd.

Henry lief zu Steve hinüber, aber ein Pfeil sauste zwischen ihnen hindurch. Die Schlacht gegen die Regenbogen-Griefer hatte gerade erst begonnen.

7. Kapitel

NERVIGE GEGNER

Die Regenbogen-Griefer schossen einen wahren Pfeilhagel ab. Lucy wurde getroffen, aber nur geschwächt. Die anderen wichen dem Pfeilregen aus, der in ihre Richtung flog. Steve holte einen Trank des Schadens aus seinem Inventar und schleuderte ihn auf die Griefer. Daraufhin hatten die Griefer nicht mehr genügend Energie, um weiter auf Steve und seine Freunde zu feuern.

„Zeit zu verschwinden!“, rief Steve seinen Freunden zu.

„Nein! Ich lasse diese Griefer nicht davonkommen!“ Henry lief geradewegs auf die Regenbogen-Griefer zu und erwischte einen mit seinem Diamantschwert.

Steve und die anderen folgten Henry und setzten ihre Waffen ein. Innerhalb weniger Minuten waren die Griefer vernichtet.

„Lasst uns jetzt zum Tafelberg-Biom gehen“, wies Henry sie an.

Die Gefährten marschierten durch das blumenbewachsene Land, bis sie in eine Gegend kamen, in der nur noch vereinzelte Blumen und Sträucher wuchsen. Die rötlichen Tonblöcke schimmerten in verschiedenen rot-braunen Schattierungen. Steve stieg zusammen mit seinen Freunden einen Hügel hinauf.

„Es ist gleich da drüben!" Von der Spitze des Hügels aus sah Georgia ihr Dorf. „Scheint, als wären einige der Läden abgebrannt. Jemand muss sie mit TNT in die Luft gesprengt haben."

„Bald bist du wieder bei deinen Freunden", versuchte Lucy sie zu trösten. „Gemeinsam werden wir euer Dorf schon retten."

Steve kramte seine Spitzhacke heraus und schlug sie in den Tonboden.

„Was machst du da?", fragte Kyra.

„Mit diesem Ton kann man fantastisch bauen. Georgia, du solltest auch welchen mitnehmen." Steve wusste, dass Georgia ebenfalls eine großartige Baumeisterin war. Denn genau wie er hatte auch Georgia an dem Bauwettbewerb auf der Pilzinsel teilgenommen.

Steve verstaute den Ton gerade in seinem Inventar, als ihm der rote Sand auffiel. „Diesen Sand können wir ebenfalls gebrauchen."

Die anderen folgten Steves Beispiel und begannen, Ton und Sand zu sammeln. „Ich gebe dir später meinen ganzen Ton, damit du in unserem Dorf irgendwas richtig Cooles bauen kannst", sagte Kyra, während sie fleißig Tonblöcke einsammelte.

Sie waren fast mit dem Abbauen des Tons fertig, als Georgia sagte: „Ich denke, wir erreichen mein Dorf noch vor Einbruch der Dunkelheit. Ich bin total aufgeregt!"

„Trotzdem sollten wir keine Zeit mehr verlieren", mahnte Steve. „Weiter geht's!"

Sie erklommen einen anderen Hügel. „Nur noch über diese Anhöhe", teilte Georgia ihnen mit.

Als sie am Fuß des Hügels anlangten, durchschnitt ein Blitz aus blauem Licht den Himmel.

„Was war das?", fragte Lucy.

Sie brauchte nicht auf eine Antwort zu warten. Im selben Moment spawnte ein dreiköpfiger Wither vor der Gruppe. Der Wither gab ein lautes Geräusch von sich, als er durch die Luft des Tafelberg-Bioms sauste.

„Wahrscheinlich hat ihn der Regenbogen-Griefer hergeschickt!", schrie Sophie. „Was sollen wir jetzt tun?"

„Was haben wir denn beim letzten Mal gemacht?", fragte Georgia, die sich an ihre bislang einzige Begegnung mit einem Wither zu erinnern versuchte. Es war während des Bauwettbewerbs gewesen, als ein Griefer den Wither heraufbeschworen hatte, damit er den Wettbewerb ruinierte.

„Holt sofort Pfeil und Bogen raus!", rief Lucy. „Wir müssen den Wither angreifen, bevor er uns vernichtet!"

„Noch nicht schießen!", hielt Max sie zurück. „Unmittelbar nach dem Spawnen können Pfeile ihm nichts anhaben. Und dieser Wither spawnt noch. Er muss erst stärker werden."

In dem Moment, in dem der Wither seinen ersten

explodierenden Wither-Schädel aus einem seiner drei Köpfe abfeuerte, brüllte Max: „Los! Jetzt!"

„Sophie und Tatiana", rief Henry. „Geht hinter dem Hügel in Deckung. Eure Lederrüstungen sind nicht stark genug, um der Attacke eines Wither-Schädels standzuhalten."

Max schoss seine Pfeile so schnell hintereinander ab, wie er nur konnte. Aber trotz seines Könnens im Bogenschießen war es schwierig, den Wither zu treffen. Unterdessen flog der Wither durch die Luft und feuerte Wither-Schädel auf die Gruppe ab. Ein explodierender Schädel erwischte Kyra.

„Kyra, bist du okay?", rief Lucy, während sie den grimmigen, schwebenden Gegner mit einem Pfeilhagel eindeckte.

„Ich glaube schon", entgegnete Kyra.

„Du musst etwas Milch aus deinem Inventar trinken", rief Max Kyra zu. „Das hilft dir, dich schneller von der Wither-Attacke zu erholen."

Kyra trank die Milch und sammelte genügend Energie, um einen Pfeil auf die fliegende, schwarze Kreatur abzuschießen.

Obwohl ihre Pfeile die Energie des Withers reduziert hatten, blieb ihr Gegner dennoch sehr stark. Immer, wenn die Schädel explodierten, stieß der Wither durchdringende Laute aus. Langsam wuchs ihr Eindruck, den Kampf unmöglich gewinnen zu können. Sie fürchteten sich, zu verlieren. Sie waren Georgias Dorf schon so nah! Unvorstellbar, dass gleich alles vorbei sein könnte.

In wenigen Sekunden könnten sie sich alle auf der Weizenfarm wiederfinden.

Die blauschwarzen Wither-Schädel explodierten weiterhin in der Nähe der Gefährten. Die Freunde setzten sich unbeirrt zur Wehr, indem sie mit Pfeilen auf die fliegende Kreatur schossen. Sie hatten nahezu all ihre Pfeile aufgebraucht, als sich die Gesundheit des Withers endlich deutlich zu verschlechtern begann.

Lucy lief auf den schwebenden, dreiköpfigen Wither zu und schleuderte einen Trank des Schadens auf die Kreatur! Endlich sank die Gesundheit des Withers rapide. Max schoss einen weiteren Pfeil ab. Erneut antwortete der Wither mit einem explodierenden Schädel, über den jedoch Sophie einen Eimer Wasser schüttete. Der Wither versuchte, sich zu verteidigen, aber es gelang ihm nicht, weil er zu geschwächt dafür war.

„Wir haben keine Pfeile mehr", sagte Max. „Wir müssen ihm mit unseren Schwertern den Rest geben." Er rannte auf den Wither zu, und schlug mit seinem Diamantschwert auf ihn ein. „Sorgt dafür, dass ihr Milch griffbereit habt. Sie heilt euch von dem Wither-Effekt", fuhr er fort.

Der Reihe nach verpasste jeder aus der Gruppe dem Wither einen Hieb und zog sich dann wieder zurück, um den nächsten ranzulassen, bis der Wither am Ende vernichtet war.

Der Wither stieß ein lautes Grunzen aus, das durch das Biom dröhnte, und verschwand. An der Stelle, an der er eben noch gewesen war, fiel ein Netherstern zu Boden.

„Endlich!“, rief Georgia aufgeregt. „Wir sollten uns unverzüglich auf den Weg zu meinem Dorf machen. Es dauert nicht mehr lange, bis die Nacht hereinbricht.“

Kaum hatte Georgia die Worte ausgesprochen, senkte sich die Dunkelheit herab. Die Freunde legten einen Zahn zu, um schneller in Georgias Dorf anzukommen. Zunächst mussten sie in Georgias Haus Zuflucht suchen und etwas schlafen.

Bumm! Sie hörten eine Explosion in der Ferne.

„Was war das?“, fragte Lucy.

„Keine Ahnung“, sagte Georgia nervös. „Aber es klang, als käme es aus dem Dorf …“

8. Kapitel

SKELETTSOLDATEN

Während die Nacht hereinbrach, lief Georgia zu ihrem Haus. „Es ist gleich hier drüben!“, rief sie den anderen zu. Die Freunde marschierten zu dem Herrenhaus. Es war riesig und ganz aus Quarz erbaut.

„Wow, das ist wirklich schick!“, rief Lucy. Sie hatte noch nie zuvor ein so schönes Haus gesehen und war total aufgeregt, hier schlafen zu dürfen.

Max entfachte eine Fackel und platzierte sie an der Quarzwand.

„Sieh dir deine Farm an!“ Steve ging zu Georgias Farm hinüber. Eine Explosion hatte den Großteil der Farm zerstört. Es waren nur versengtes Gras und einige verwelkte Feldfrüchte übrig.

„Vermutlich ist das das Werk eines Griefers“, stellte Henry fest. „Eines Griefers mit TNT.“

„Für mich sieht das eher nach den Folgen einer Creeper-Explosion aus“, widersprach Kyra.

„So oder so, wir helfen dir in jedem Fall dabei, deine Farm wieder aufzubauen“, versprach Steve.

„Ich sehe nirgends Skelette", stellte Lucy fest. „Vielleicht haben wir den heutigen Angriff verpasst."

„Lasst uns zu Bett gehen", schlug Georgia vor und lud sie in ihr Haus ein. Im Wohnzimmer befand sich ein großer Brunnen und ein Panoramafenster, durch das man auf die niedergebrannte Farm schauen konnte. In der Ferne erkannte man die malerischen braunen Hügel des Tafelberg-Bioms. Die Freunde schauten sich im Haus um, schritten über die Diamanterzböden und blieben immer wieder stehen, um die vielen Kamine in jedem Raum zu bewundern.

Georgia führte sie die Treppe hinauf. „Jeder von euch kann sein eigenes Zimmer haben."

„Unser eigenes Zimmer?", fragte Max. „Normalerweise kriegen wir gerade mal ein eigenes *Bett*."

„Na ja, hier kann jedenfalls jeder ein eigenes Zimmer bekommen, sofern ihr das möchtet", erklärte Georgia ihnen. Jeder suchte sich ein Schlafzimmer aus und machte es sich in seinem Bett bequem.

Als sie am nächsten Morgen wieder aufwachten, bat Georgia ihre Freunde, ihr in der Küche Gesellschaft zu leisten. Auf den Granitarbeitsplatten in der Küche standen Kisten voller Essen. Georgia bot der Gruppe etwas Kuchen an. Während die Freunde die leckeren Speisen verdrückten, legten sie sich einen Plan zurecht.

„Zu welcher Uhrzeit tauchen die Skelette für gewöhnlich auf?", fragte Henry und schaute aus dem Fenster.

„Unmittelbar vor Sonnenuntergang", entgegnete Georgia.

Max sah, wie Dorfbewohner an Georgias Fenster vorbeieilten. „Na ja, ich habe das Gefühl, dass die Skelette heute schon früher da sind“, vermutete er. „Los, wir müssen den Leuten helfen!“

„Wie seltsam“, sagte Steve. „Wir haben doch noch helllichten Tag.“

Max lief zur Tür. Regentropfen prasselten auf seinen Helm. „Es regnet! Die Skelette können im Regen überleben, weil die Wolken das Sonnenlicht fernhalten.“

Die Freunde machten sich kampfbereit und rannten auf das Dorf zu, während der Regen auf sie heruntertropfte.

Georgia hatte nicht übertrieben: Dutzende von Skeletten schossen Pfeile auf die Dorfbewohner ab.

Eine von Georgias Nachbarinnen setzte TNT ein, um die knochigen Gesellen zu bekämpfen und eine ganze Horde Skelette zu vernichten.

Steve deutete auf die Nachbarin mit dem Sprengstoff. „Ich frage mich, ob sie womöglich für die Zerstörung deiner Farm verantwortlich ist?“

„Das ist meine Nachbarin Nia. Sie hat mit mir zusammen die Skelette bekämpft. Falls sie meine Farm tatsächlich hochgejagt hat, dann war das vermutlich ein Missgeschick, während sie versuchte, Skelette unschädlich zu machen.“

Georgia lief zu Nia hinüber. Nia war ganz aufgeregt, als sie sah, dass Georgia zurückgekommen war. „Du kommst gerade rechtzeitig, um uns beim Kampf gegen die Skelette zu helfen“, freute sich Nia.

„Ich habe ein paar Freunde mitgebracht", sagte Georgia zu Nia.

„Super! Wir brauchen jede Hilfe, die wir kriegen können. Die Skelett-Invasion verschlimmert sich täglich. Und nachdem sie uns wochenlang nur nachts angegriffen haben, attackieren sie uns jetzt auch noch am Tag. Das ist einfach unglaublich. Langsam geht mir das TNT aus."

Eine Armee von Skeletten ging auf die Gruppe los. Max schoss Pfeile ab und Kyra schleuderte einen Trank des Schadens auf die Horde wandelnder Untoter. Jedes Mal, wenn ein Skelett zerstört wurde, fielen an seiner Stelle Knochen und Pfeile zu Boden.

„Mit TNT kann man mehrere von ihnen vernichten", sagte Nia, während sie eine Handvoll Skelette mit einem Block TNT in die Luft sprengte. „Mit Pfeil und Bogen allein kommt ihr hier nicht weit."

Wahre Horden von Skeletten stürmten den Hügel herab, um von Nias TNT zerfetzt zu werden.

„Gute Arbeit", lobte Max.

„Scheint, als hättest du eine Strategie, um zu überleben", sagte Georgia.

„Eine Armee von Skeletten hochzujagen, betrachte ich eigentlich nicht als Überleben", sagte Nia. „Ich vegetiere nur so vor mich hin. Ich verbringe den ganzen Tag damit, mich auf diese abendliche Invasion vorzubereiten. Ich kann nicht auf dem Feld arbeiten. Ich kann nichts bauen." Nia war erschöpft und frustriert.

„Sieht aus, als würde die Sonne rauskommen. Lasst

uns zu meinem Haus zurückgehen und einen Plan schmieden", schlug Georgia vor.

Tatsächlich hörte der Regen auf, und die Freunde kehrten zu Georgias prunkvollem Zuhause zurück. Als sie durch die Eingangstür traten, fingen sie sofort an zu diskutieren. Sie mussten dieses Problem lösen, und jeder von ihnen hatte seine eigene Theorie, wer oder was für diese Skelett-Überfälle verantwortlich war.

„Irgendwer muss hinter dieser Invasion stecken. Normalerweise greifen Skelette nicht einfach von sich aus in so großer Zahl an. Schon gar nicht regelmäßig", grübelte Max.

„Aber wer würde so etwas tun? Unser Dorf ist so friedlich." Georgia konnte einfach nicht glauben, dass jemand ihrem Heimatort absichtlich Schaden zufügte.

„Vielleicht ist der Übeltäter ja neidisch, weil ihr in einem so netten Dorf lebt", spekulierte Sophie.

„Könnte sein. Wir müssen in jedem Fall rauskriegen, wer hinter alldem steckt und natürlich auch, wie wir dem ein Ende bereiten können." Georgia meinte es ernst. Sie hatte genug von den Angriffen.

„Oh, nein!", rief Max. „Seht mal aus dem Fenster! Es hat wieder angefangen zu regnen, und da sind noch mehr Skelette!"

„Das hört einfach nicht auf." Obwohl Nia völlig erschöpft war, schnappte sie sich ihr TNT und ging nach draußen, um den Skeletten die Stirn zu bieten.

Die anderen folgten Nia. Sie waren mit Pfeil und Bogen und mit ihren Schwertern bewaffnet. Die Skelette entdeckten die Gruppe, die aus Georgias Haus kam, und feuerten einen Pfeilregen auf sie ab.

„Seht euch dieses grüne –", begann Lucy, doch Georgia unterbrach sie.

„Ein Creeper!", platzte es aus Georgia hervor.

„Zurückbleiben!", rief Max, während er sich Regenwasser aus dem Nacken wischte.

„Wenn der Regen nicht aufhört, dauert dieser Kampf ewig", sagte Nia und griff nach einem neuen Block TNT.

Ein Blitz traf den Creeper, lud ihn auf und machte ihn extrem stark. Der Creeper schlich heimlich, still und leise auf Georgias Haus zu. Auf dem Weg zu Georgias Farm stieß der Creeper mit einem Skelett zusammen.

Kabumm! Der Creeper explodierte und zerstörte dabei drei Skelette.

„Wenigstens ist deine Farm bereits bis auf die Grundmauern abgebrannt", meinte Steve, nur halb im Scherz. Der Regen wurde kräftiger, und Donner grollte durch das Dorf.

„Sollen wir zu deinem Haus zurückgehen?", fragte Lucy.

„Nein. Wir müssen diese Skelette bekämpfen", entgegnete Georgia.

Nia setzte TNT ein, um eine weitere Gruppe von Klappergestellen zu vernichten.

„Ich kann keine Skelette mehr entdecken", sagte Max, der seinen Blick in die Ferne schweifen ließ.

„Vielleicht ist die Invasion für heute ja vorbei", hoffte Georgia.

„Schon wär's", entgegnete Steve und deutete auf eine weitere Horde von Skeletten, die auf sie zumarschierte. Eins der Skelette schoss einen Pfeil auf Steve, der ihn in die Brust traf.

„Mir geht die Energie aus", keuchte Steve besorgt.

Max schlug mit dem Schwert nach einem der Skelette und vernichtete es. Die Freunde feuerten Pfeile auf die Klappergestelle ab, bis sie die Gegner schließlich besiegt hatten.

„Endlich können wir nach Hause gehen", sagte Kyra. „Der Regen lässt nach und die Sonne kommt raus. Jetzt können wir uns einen anderen Plan überlegen."

„Ja, wir brauchen einen Plan. Meine TNT-Angriffsstrategie funktioniert nicht", sagte Nia.

„Wir haben nicht viel Zeit. Wegen des Regens haben wir schon einen Teil des Vormittags verloren", erklärte Georgia ihnen und öffnete die Tür ihres Hauses.

Als sie diesmal hineingingen, waren sie nicht so gesprächig wie vorhin. Sie waren erschöpft. Sie mussten sich eine Taktik überlegen, um die Skelette zu bezwingen, doch irgendwie wollte ihnen nichts einfallen.

Die Freunde standen gerade um Georgias Kamin herum, um nach dem Regen die Wärme des Feuers zu genießen, als sie draußen vor der Tür Stimmen hörten.

„Wer ist da?", rief Georgia.

9. Kapitel

MERKWÜRDIGE VERBÜNDETE

„Vielleicht sind es bloß meine Nachbarn“, sagte Georgia, als sie zur Tür ging. „Wir haben uns schon mehrmals wegen der Skelett-Angriffe getroffen.“

„Du solltest lieber erst aus dem Fenster schauen“, warnte Nia. „Diese Treffen finden schon lange nicht mehr statt. Die Leute haben Angst, und man kann niemandem mehr trauen.“

Georgia spähte aus dem Fenster und versuchte, einen flüchtigen Blick auf den- oder diejenigen zu erhaschen, die draußen vor der Tür standen.

„Ich weiß nicht, wer die sind“, sagte Georgia in besorgtem Tonfall. „Soll ich trotzdem aufmachen?“

„Ja, aber wir müssen auf alles vorbereitet sein“, beharrte Lucy.

Die Freunde schnappten sich ihre Waffen. Georgia legte ihre Rüstung an und öffnete die Tür.

„Stopp! Bitte, tut uns nichts!“, rief eine Gestalt mit einem blau gefärbten Lederhelm.

„Wir brauchen Hilfe“, rief ihnen sein Freund zu, der eine orange gefärbte Lederrüstung trug.

„Warum?“ Georgia richtete ihr Diamantschwert auf die Fremden.

Die Gestalt mit dem blauen Helm gestand der Gruppe: „Unsere Freunde haben sich gegen uns gewandt, weil wir nicht damit einverstanden sind, was sie tun, und wir ihr Verhalten infrage stellen.“

Steve ging zur Tür hinüber. „Was tun eure Freunde denn, womit ihr nicht einverstanden seid?“

„Sie haben –“, begann derjenige mit dem blauen Helm, doch sein Begleiter in der orangefarbenen Rüstung unterbrach ihn.

„Wir brauchen einfach eure Hilfe. Wir können euch nicht sagen, warum“, erklärte er.

„Habt ihr beide einen Namen?“, fragte Lucy.

„Ich bin Dylan“, sagte der in Orange.

„Ich bin Liam“, sagte sein Freund mit dem blauen Helm.

„Wir wissen, wer hinter den Skelett-Angriffen steckt“, behauptete Dylan, als er Georgias Haus betrat.

„Und wir wissen, wie man die Angriffe stoppen kann“, fügte Liam hinzu.

„Warum braucht ihr unsere Hilfe?“, fragte Georgia.

„Wir brauchen eure Hilfe, weil wir fürchten, dass man uns attackieren wird. Wir brauchen Verstärkung. Wenn ihr uns in den Dschungel begleitet, zeigen wir euch, woher die Skelette kommen“, versprach Dylan.

„Wir waren mal Griefer“, gestand Liam.

„Woher sollen wir wissen, dass ihr nicht immer noch Griefer seid und versucht uns auszutricksen?", stellte Steve ihre Beweggründe infrage.

„Das könnt ihr nicht wissen." Dylan sah die Freunde an. „Ihr müsst uns einfach vertrauen."

„Was glaubt ihr, wer euch angreifen wird?", fragte Lucy.

„Die Regenbogen-Griefer. Sie sind diejenigen, die die Skelette kontrollieren. Aber allein haben wir keine Chance gegen sie", sagte Liam.

„Woher wisst ihr das alles?" Georgia war skeptisch. Sie hatte diese beiden Burschen noch nie zuvor in ihrem Dorf gesehen, und sie fragte sich, warum sie so viele Informationen über die Skelett-Invasion hatten.

„Das können wir euch nicht sagen. Ihr müsst uns einfach helfen." Dylan trat zur Tür hinaus. „Folgt uns, und wir führen euch zu den Griefern."

Steve und den anderen war klar, dass es durchaus möglich war, dass die Regenbogen-Griefer tatsächlich die bösen Drahtzieher waren, die hinter den Angriffen steckten. Aber auch ihnen kamen Liam und Dylan irgendwie verdächtig vor. Da sie allerdings auch keinen anderen Plan hatten, beschlossen sie, Dylan und Liam zu den Regenbogen-Griefern zu folgen.

„Vorher müssen wir aber noch etwas essen", erklärte Steve den beiden Fremden. „Wir haben den ganzen Morgen Skelette bekämpft, und unser aller Energie ist niedrig."

„Uns bleibt nicht viel Zeit", warnte Dylan. „Nicht

mehr lange, und die Nacht bricht herein. Ich weiß, wie wir den heutigen Skelett-Angriff verhindern können."

Die Freunde aßen rasch ein paar Früchte aus der Kiste in Georgias Küche. „Mit einem leeren Essensbalken können wir nicht kämpfen", erklärte Georgia ihnen und nahm einen Bissen von einem Apfel.

Dylan und Liam waren ungeduldig. Während die Freunde mampften, gingen sie unruhig auf und ab, und dann liefen sie aus dem Haus und riefen: „Folgt uns!"

„In den Dschungel!", führte Liam die Gefährten an.

Die Freunde rannten durch das Dorf, vorbei an den Geschäften und den Bewohnern, durch das Tafelberg-Biom und den Blumenwald, in Richtung des dichten Dschungels.

„Bleibt eng zusammen", rief Max seinen Freunden zu. „Durch all diese Blätter kann man nur schwer etwas erkennen."

Georgia fürchtete, dass Liam und Dylan sie geradewegs in eine Falle lockten. Dies war derselbe Dschungel, in dem sie die Regenbogen-Griefer aus dem Tempel bekämpft hatten.

„Der kommt mir bekannt vor", sagte Steve, als sie sich dem Tempel näherten.

„Achtung!", schrie Sophie.

Eine Horde Regenbogen-Griefer kam aus dem Tempel gestürmt und schoss Pfeile auf die Gruppe ab. Max und Tatiana wurden getroffen. Zwei Griefer stürzten sich mit ihren Diamantschwertern auf Max und Tatiana, die beide geschwächt waren, und zerstörten sie.

„Oh, nein!“, schrie Georgia entsetzt, als zwei Regenbogen-Griefer mit hoch erhobenen Diamantschwertern auf sie zukamen. Gegen diese mächtigen Griefer hatte sie nicht die geringste Chance.

Weitere Regenbogen-Griefer drängten Lucy und Kyra in die Enge. Es gab kein Entkommen.

Während Sophie die Griefer bekämpfte, ging allmählich die Sonne unter. Sie war so damit beschäftigt, sich ihre Gegner vom Hals zu halten, dass sie den Creeper, der sich an sie heranschlich, überhaupt nicht bemerkte.

Kabumm! Der Creeper explodierte. Das grimmige Ungetüm vernichtete Sophie und die bösen Griefer.

Jetzt waren bloß noch Henry und Steve übrig. Sie versuchten, gegen die restlichen Griefer zu bestehen. Aber sie waren in der Unterzahl. Außerdem machten sie sich große Sorgen um ihre Freunde. Diese Schlacht war eine einzige Katastrophe. Sie brauchten dringend Hilfe.

Henry schlug mit seinem Diamantschwert auf einen Regenbogen-Griefer ein, doch fünf weitere Regenbogen-Griefer schossen Pfeile auf ihn ab, sodass er sich nicht verteidigen konnte. Er wurde getroffen und verschwand. Nun waren nur noch Steve und seine neuen Freunde Liam und Dylan übrig, um diese bösen Regenbogenmänner zu bekämpfen.

Steve hatte gerade einen Griefer erledigt, als Liam und Dylan an seine Seite eilten.

„Klasse, dass ihr mir helft!“, sagte Steve, als die Griefer-Horde auf ihn zustürmte.

„Ja, wir helfen dir", sagte Dylan mit einem fiesen Lachen, als er mit seinem Diamantschwert zuschlug und Steve mit einem einzigen Hieb vernichtete.

10. Kapitel

NOCH MAL VON VORN

Steve wachte in einem fremden Schlafzimmer auf. *Wo bin ich?*, fragte er sich, als er den Raum inspizierte. Draußen vor der Tür hörte er vertraute Stimmen. Er ging zur Tür hinüber und lauschte. Das waren Max und Henry. Steve hörte, wie sie sich über Dylan und Liam unterhielten. Sie fragten sich, ob die beiden wohl okay waren, und ob sie den Angriff überlebt hatten.

In diesem Augenblick fiel Steve wieder ein, dass er sich in einem der Schlafzimmer von Georgias Haus befand. Dies war der Ort, an dem er zuletzt geschlafen hatte. Er öffnete die Tür und sah sich Max und Henry gegenüber.

„Steve!“, rief Henry. „Schön, dich zu sehen!“

„Bei diesem Regenbogen-Griefer-Überfall wurden wir alle vernichtet“, sagte Max.

„Wo sind die anderen?“, fragte Steve.

„In der Küche“, entgegnete Henry.

Steve fand seine Freunde in Georgias Küche und fragte: „Haben wir morgen?“

„Ja." Georgia lachte. „Aber das ist nicht weiter wichtig. Erst müssen wir wissen, wie es allen geht. Gestern war ein ziemlich heftiger Tag."

„Ich habe mein Diamantschwert verloren", jammerte Steve. „Sie nahmen es mir ab, als sie mich zerstörten! Jetzt haben die Regenbogen-Griefer mein Schwert."

„Wir alle haben unsere Waffen verloren", sagte Henry. „Das ist wirklich bescheuert."

„Keine Sorge, ich habe Diamanten, aus denen wir uns neue Schwerter craften können", erklärte Georgia ihnen.

„Genug für uns alle?", fragte Sophie.

„Ja. Außerdem haben wir auch noch die Diamanten aus dem Tempel!", erinnerte Steve sie.

„Ich habe die Diamanten in einer Truhe bei meinem Verzauberungstisch verstaut", erklärte Georgia ihnen, und die Freunde folgten ihr in den Raum, in dem ihr Verzauberungstisch und ihr Amboss standen. Georgia machte die Truhe auf.

„Sie ist leer!", rief Lucy. „Jemand muss die Diamanten gestohlen haben, als wir gekämpft haben!"

„Ich frage mich, was die Diebe sonst noch mitgenommen haben", sagte Georgia und ging zu der Truhe in ihrem Schlafzimmer, die voller Rüstungen und Tränke sein sollte. Doch als sie sie öffnete, stellte sie fest, dass auch diese Truhe leer war. Sie keuchte entsetzt. „Jetzt habe ich nichts mehr!"

„Ich schätze, das bedeutet, wir müssen ein bisschen Bergbau betreiben", sagte Henry.

Steve wollte sein Diamantschwert zurückhaben. Selbst, wenn er eine Million Diamanten fände, würde er sich auch daraus niemals ein Schwert machen können, das ihm so viel bedeutete wie sein altes Diamantschwert, das er mit großer Liebe und Mühe geschmiedet hatte. Außerdem wusste Steve, dass es gar nicht so einfach war, Diamanten zu finden. „Wie sollen wir an genügend Diamanten herankommen, um Schwerter daraus zu craften?“, fragte er sich.

„Ich kenne eine tolle Mine außerhalb des Dorfes. Wenn wir dort graben, finden wir vielleicht einen Haufen Diamanten. Das ist unsere einzige Hoffnung“, antwortete Georgia.

Die Freunde machten sich bereit für die Bergbauarbeit und hielten ihre Spitzhacken in den Händen, als sie sich auf den Weg zur Mine machten. Ihre Stimmung war im Keller.

Schließlich war es Lucy, die das Wort ergriff und damit das Schweigen brach. „Was ist eigentlich mit Dylan und Liam passiert?“

„Sie haben mich vernichtet“, unterrichtete Steve die anderen. „Sie haben nur so getan, als wären sie unsere Freunde. Sie haben uns reingelegt. Sie stecken mit den Regenbogen-Griefern unter einer Decke.“

„Ich wusste es!“, rief Georgia aus.

„Ich hab's ebenfalls vermutet“, sagte Steve. „Allerdings hatte ich nicht erwartet, dass sie so weit gehen würden, mich mit ihren Diamantschwertern zu zerstören.“

„Ich wette, jetzt haben die all unsere Sachen", mutmaßte Georgia. „Wenn wir sie finden, müssen wir nicht nach Diamanten buddeln."

Die Mine war bloß noch ein paar Schritte entfernt.

„Aber wir müssen nach Diamanten graben. Wenn wir gegen Dylan und Liam antreten wollen, brauchen wir starke Schwerter", wandte Henry ein, als er auf die Mine zumarschierte.

„Achtung!", rief Max plötzlich.

„Regenbogen-Griefer?", fragte Henry.

„Nein, eine Höhlenspinne!" Kyra schnappte sich ein Holzschwert aus ihrem Inventar und erschlug die Spinne.

„Ich bin sicher, davon gibt es hier noch mehr. Wir müssen auf der Hut sein, da sich diese Mine in einer Höhle befindet", erklärte Sophie, während sie ihre Spitzhacke in den Boden schlug, in der Hoffnung, dass sie schnell ein paar Diamanten finden würden und die unheimliche Mine rasch wieder verlassen konnten.

Die Freunde gruben sich tief in die Erde. Die erste Schicht bestand aus Stein.

„Kohle", stellte Max fest. „Wir sollten etwas davon in unseren Inventaren verstauen. Lasst uns das Zeug abbauen."

Als die Gruppe sich noch tiefer ins Gestein grub, fanden sie zwar Eisen und Rotstein, aber keine Diamanten.

„Blau!", rief Max auf einmal. „Ich sehe etwas Blaues!"

Die Freunde bündelten ihre verbliebenen Kräfte und

buddelten weiter, bis sie auf einen Haufen Diamanten stießen.

„Lasst uns die Diamanten einsammeln und bei Georgia zu Hause neue Schwerter daraus craften“, schlug Henry vor.

Die Freunde verließen gerade die Mine, als Liam und Dylan sie aufhielten. Sie standen vor dem Eingang der Mine und richteten ihre Diamantschwerter auf die Gruppe.

„Gebt uns die Diamanten!“, verlangte Liam.

„Niemals!“, schrie Georgia.

„Ich will mein Diamantschwert zurückhaben!“ Steve war außer sich vor Wut. „Ihr habt all unsere Sachen gestohlen, und ihr habt uns reingelegt“, warf er ihnen zornig vor. „Ich würde lieber sterben, als euch noch irgendwas anderes zu überlassen.“

„Diesen Wunsch können wir dir erfüllen“, sagte Dylan und ging auf Steve zu.

Sophie stellte sich vor Steve. Sie holte mit ihrer Eisenaxt aus und verpasste Dylan einen Hieb.

„Danke!“, sagte Steve.

Nia nahm ihren Pfeil und Bogen und schoss auf Dylan, während Max und Henry mit ihren Holzschwertern gegen Liam antraten. Diesmal hatten die beiden Betrüger das Nachsehen, weil sie keine Unterstützung von ihren Regenbogen-Griefern hatten, und ergriffen die Flucht.

Die Gruppe machte sich auf den Rückweg zu Georgias Dorf. Als sie erst wenige Schritte gegangen waren, stießen sie auf eine gewaltige Grundgesteinsmauer.

„Wo kommt die Mauer denn auf einmal her?", fragte Lucy. „Ich entsinne mich nicht, die auf dem Weg hierher gesehen zu haben."

„Ich glaube, wir sitzen in der Falle", sagte Steve, als er an der Mauer entlangging und feststellte, dass sie in einem Grundgesteinsviereck festsaßen.

„Wie kommen wir hier wieder raus?", fragte Georgia.

„Ich habe TNT", sagte Nia.

„Das funktioniert nicht. Hier würde allenfalls der Würfel der Zerstörung Wirkung zeigen, aber dabei würden wir alle vernichtet werden. Außerdem fehlen mir sowieso die Materialien, die ich bräuchte, um einen zu craften", erklärte Steve.

„Es gibt keine Decke", meinte Henry. „Denkt ihr, was ich denke?"

„Glaub' schon!", antwortete Max.

Henry und Max sagten fast einstimmig: „Wir können uns den Weg hier raus freibauen!"

Sie verwendeten Bruchsteinblöcke, bis sie die Oberkante der Mauer erreichten. Dann sprangen sie nacheinander hinab, um sicher auf der anderen Seite der Mauer zu landen. Anschließend eilten sie zu Georgias Haus zurück, während allmählich die Abenddämmerung einsetzte.

„Ich sehe Skelette!", rief Lucy.

„Dann müssen wir eben ohne Diamantschwerter gegen sie kämpfen. Das wird zwar eine ziemliche Herausforderung, aber wir können es schaffen", sagte Steve.

Die Freunde holten ihre Waffen aus ihrem Inventar.

Unterdessen schossen die Skelette einen Pfeilhagel auf sie ab.

Tatiana wurde von zwei Pfeilen getroffen und war stark geschwächt. Die Skelette rückten vor. Lucy sprang vor eine Gruppe Skelette und stellte sich ihnen mit ihrem Eisenschwert entgegen, um mit der Klinge wild nach den Knochenwesen zu schlagen.

„Nehmt das!", rief Nia, als sie das TNT nahe einer Horde von Skeletten platzierte und die Sprengladung mit dem Feuerzeug zündete.

Steve warf sich auf eins der Skelette und prügelte mit seinem Holzschwert darauf ein. Er blickte in die traurigen Augen des Knochengesellen und fragte sich, warum das Skelett sie überhaupt angriff. Vielleicht war das ja gar nicht die Schuld des Skeletts. War es möglich, dass sie den Kampf für jemand anderen ausfochten? Steve wusste, dass er rauskriegen musste, woher die Skelette kamen. Sobald er Klarheit darüber hatte, bestand zumindest die Hoffnung, dass sie dieses Gefecht doch noch zu ihren Gunsten entscheiden konnten.

Die Freunde besiegten die Skelette und waren endlich bereit, zu Georgias Haus zurückzukehren, um zu schlafen. Sobald das letzte Skelett zerstört war, machte sich Erleichterung breit. Dann jedoch rief Henry mit einem Mal: „Da kommt eine Zombie-Invasion!"

Entgeistert verfolgten die erschöpften Freunde, wie fünf Zombies auf sie zuwankten.

„Das wird eine lange Nacht", sagte Max seufzend.

11. Kapitel

DIE VERSTECKTE SPAWNANLAGE

Die grünen, klotzköpfigen Zombies kamen von dem Hügel hinter Georgias Haus. Die Kreaturen mit den leeren Augen bemerkten Steve und seine Freunde nicht und wankten an ihnen vorbei in Richtung Dorf.

„Welch ein Glück“, sagte Sophie.

„Glück? Wir müssen den Dorfbewohnern helfen!“, protestierte Georgia.

„Bei einem der Skelett-Angriffe haben wir unseren Eisengolem verloren“, fügte Nia hinzu. „Wir haben nicht den geringsten Schutz!“

Schon hörten sie die Schreie der Dorfbewohner in der Ferne. Die Gruppe eilte ihnen zu Hilfe.

„Aber wie sollen wir das schaffen? Wir haben keine Energie mehr, und unsere Ressourcen für den Kampf sind beschränkt.“ Henry sorgte sich, dass sie in eine Schlacht zogen, die sie nicht gewinnen konnten. Er war es leid, besiegt zu werden.

„Wir müssen es versuchen. Die Leute brauchen unsere Hilfe!“, drängte Steve beim Laufen.

Während sie sich dem Dorf näherten, machten die Freunde die Zombies, auf die sie stießen, mit Holzschwertern, Eisenschwertern, einer Spitzhacke und TNT nieder.

Ein lila Zombie riss die Tür der Bibliothek aus den Angeln und griff die Bibliothekarin an, um sie in einen Zombie-Dorfbewohner zu verwandeln.

Max gab der Bibliothekarin einen goldenen Apfel, um die Folgen des Zombie-Angriffs zu neutralisieren. Er sah zu, wie sie den Apfel aß und sich wieder erholte.

„Wir schaffen das", sagte Georgia, während sie einen Zombie mit ihrem Schwert verdrosch.

Noch mehr Zombies streiften durch die verwüsteten Straßen des Ortes. Lucy versuchte, sich drei Zombies mit einem Holzschwert vom Leib zu halten. Aber sie brauchte Verstärkung. Kyra sah Lucy in Bedrängnis und sprang an ihre Seite. Unterdessen erledigte Max zwei weitere Zombies mit seinem Schwert.

„Ich kann nicht mehr!", rief Tatiana irgendwann.

„Es ist fast vorbei", versicherte ihr Sophie.

Kurz darauf ging die Sonne auf, und die Kreaturen der Nacht waren besiegt. Erschöpft kehrte die Gruppe zu Georgias Haus zurück. In der Ferne erkannten sie jemanden, der auf sie zulief. Eine junge Frau mit einem rosa Helm und einem Diamantschwert in den Händen. Max legte mit Pfeil und Bogen auf sie an, aber Georgia schrie: „Nicht! Das ist meine Nachbarin Olive! Hör auf, Max! Bitte, nicht schießen!"

„Ich habe wichtige Neuigkeiten!", rief Olive.

Georgia bat sie in ihr Haus. Während sie Ofenkartoffeln aßen, erzählte Olive ihnen von einer versteckten Spawnanlage.

„Ich war gerade unterwegs ins Dorf, als ich eine Gruppe Regenbogen-Griefer bemerkte. Ich ging hinter einem Baum in Deckung, sodass sie mich nicht entdeckten, aber ich konnte hören, was sie sagten. Sie sprachen von einem geheimen Ort, an dem sie Skelette spawnen. Wir müssen diesen Ort finden!"

„Weißt du, wo genau im Dschungel sich dieser geheime Ort befindet?", fragte Georgia.

„Nein. Als mir klar wurde, dass die Regenbogen-Griefer keine Ahnung hatten, dass ich da bin, habe ich mich fortgeschlichen", erklärte ihnen Olive.

Steve fragte: „Kommen die Skelette jede Nacht aus derselben Richtung?"

„Ja, über den Hügel", entgegnete Nia.

„In dieser Richtung liegt auch der Dschungel. Ich wette, dort liegt die Spawnanlage. Nahe der Stelle, an der wir beim Dschungeltempel den Regenbogen-Griefern begegnet sind", vermutete Georgia. Sie war ganz aufgeregt darüber, dass es ihnen vielleicht gelingen würde, die versteckte Spawnanlage zu finden.

„Dann sollten wir uns auf den Weg in den Dschungel machen. Wer weiß? Vielleicht ist der Spawner ja sogar im Tempel drin", spekulierte Henry.

„Wir können aber erst gehen, wenn wir uns Diamantschwerter und -rüstungen gecraftet haben", erinnerte Lucy die Übrigen.

Also holten die Freunde ihre Diamanten heraus, gingen zu Georgias Werkbank und bauten ihre neuen Diamantschwerter und -rüstungen. Dann benutzten sie Georgias Verzauberungstisch, um die Schwerter zu verzaubern.

„Wie sehe ich aus?", fragte Georgia, als alles fertig war.

„Du siehst aus, als könntest du es kaum erwarten, die Griefer und ihre Skelett-Armee aufzuhalten", versicherte ihr Henry und eilte aus der Haustür, dem Dschungel entgegen.

Die Freunde hielten die Augen nach Regenbogen-Griefern offen. Anders als zuvor im bunten Blumenwald hatten die Regenbogen-Griefer keine Chance, sich inmitten all der grünen Blätter wirkungsvoll zu tarnen. Sie waren leicht zu erkennen. Die Freunde gingen langsam. Sie wollten keinesfalls den Zugang zur Spawnanlage übersehen. Das Blattwerk war dicht und sie konnten die Umgebung um sie herum nicht besonders gut erkennen.

„Müssen wir jetzt nicht nach links gehen?", fragte Max. „Ich entsinne mich, dass sich der Tempel bei dieser Baumreihe befindet."

„Hier sieht doch alles gleich aus", meinte Henry. „Ich habe keine Ahnung, wohin wir überhaupt gehen."

Dann hörten die Freunde ein Geräusch.

„Psst!", flüsterte Lucy. „Ich glaube, ich höre etwas."

Alle lauschten und hörten, wie sich Liam und Dylan miteinander unterhielten.

„Ich liebe mein neues Schwert", sagte Dylan gerade.

Als sich die Freunde hinter den Blättern eines besonders dichten Busches versteckten, konnten sie Liam und Dylan sehen, die sich mit ihren gestohlenen Diamantschwertern ein Spaßduell lieferten.

„Ich will mein Schwert zurückhaben", murmelte Steve den anderen zu.

„Psst!", warnte Lucy ihn. „Sei still, sonst hören sie uns. Wenn wir ihnen unbemerkt folgen, führen sie uns vielleicht zu der Skelettfarm. Das ist wichtiger, als gegen sie zu kämpfen, um unsere Schwerter wiederzukriegen."

Steve wusste zwar, dass Lucy recht hatte, aber er wollte sein Schwert trotzdem unbedingt zurückhaben. Einst hatte sein alter Nachbar Thomas, der Griefer, sein Schwert geklaut. Damals hatte Steve darum gekämpft, um sich sein Schwert von Thomas wiederzuholen, und auch jetzt würde er nicht einfach aufgeben. Steve schwor sich, dass er sich darum kümmern würde, sobald sie die Skelettfarm gefunden hatten. Er brauchte sein Schwert.

Liam und Dylan duellierten sich weiter zum Spaß, während die Freunde sie aus der Sicherheit des Unterholzes beobachteten.

„Seht, jetzt gehen sie rüber zum Wasser", sagte Tatiana.

Die Freunde folgten ihnen heimlich.

„Oh, nein!", rief Kyra plötzlich.

Eine Gruppe Regenbogen-Griefer stürmten auf Liam und Dylan zu. Die Griefer fuchtelten mit Diamantschwertern vor den beiden herum.

„Verräter!“, brüllte einer der Regenbogen-Griefer Liam und Dylan an.

„Aber wir haben gar nichts getan!“, protestierte Dylan.

„Die Leute sagen was anderes“, schrie ein anderer Regenbogen-Griefer und schlug mit seinem Schwert nach Liam.

„Was redest du da?“, fragte Liam.

„Wir würden euch niemals verraten“, heulte Dylan.

„Ihr habt wichtige Geheimnisse verraten.“ Ein Regenbogen-Griefer verpasste Dylan einen Hieb mit seinem Schwert.

Liam und Dylan versuchten wegzurennen und liefen ausgerechnet auf die Stelle zu, an der die Freunde sich hinter den Büschen versteckten.

„Was sollen wir jetzt tun?“, fragte Kyra panisch.

„Nichts. Wir bleiben einfach ganz still hier sitzen und hoffen, dass sie uns nicht entdecken“, erklärte Henry.

Sie verharrten vollkommen regungslos und hielten den Atem an, als Liam und Dylan an ihnen vorbeiliefen. Die Regenbogen-Griefer machten sich nicht einmal die Mühe, sie zu verfolgen.

„Ich frage mich, was das gerade sollte?“, sagte Sophie.

„Keine Ahnung, aber offensichtlich haben sie irgendetwas getan, um die Regenbogen-Griefer zu verärgern.

Und ich könnte wetten, dass das etwas mit uns zu tun hat", ergänzte Steve.

„Wir müssen weitergehen. Wir müssen diesen Tempel finden", sagte Henry, während er tiefer in den Dschungel vordrang.

Ein wilder Ozelot sauste an ihnen vorbei.

„Achtet nicht darauf", wies Steve die anderen an. „Wir haben keine Zeit für Ablenkungen. Wir müssen zum Tempel."

Blattwerk umgab sie, als sie dem Verlauf des Flusses in Richtung des Dschungeltempels folgten.

„Ich glaube, der Tempel ist gleich da drüben! Am Ufer!", rief Lucy aufgeregt.

Sie eilten auf den Tempel zu und waren nur noch ein paar Schritte vom Eingang entfernt, als sie von einem Pfeilhagel aufgehalten wurden.

12. Kapitel

VERIRRT IM DSCHUNGEL

Ein Pfeil traf Sophies Diamantrüstung und prallte davon ab. „Wow, diese Rüstung ist viel besser als meine alte aus Leder!"

Obwohl alle Rüstungen trugen, gingen sie vor den Pfeilen in Deckung. Max hielt sich im Hintergrund und feuerte einen Pfeil ab, der im Boden stecken blieb. Er war sich nicht sicher, worauf er überhaupt gezielt hatte. „Ich kann niemanden entdecken", gab er irritiert zu.

„Wer hat auf uns geschossen?", fragte Tatiana.

„Ich bin mir nicht sicher. Ich sehe keine Regenbogen-Griefer", erklärte Henry.

Die Freunde schnitten die Blätter weg, um durch eine Öffnung sehen zu können, welcher Feind sie angegriffen hatte. Aber da war niemand.

„Sollen wir zum Tempel zurückgehen?", fragte Kyra.

„Wir sind so schnell und so weit gelaufen, dass ich die Orientierung verloren habe. In welcher Richtung ist der Tempel überhaupt?", fragte Georgia. Sie hatte nicht darauf geachtet, wohin sie gerannt waren. Alles, was gezählt hatte, war, dem Pfeilregen zu entkommen.

„Ich weiß nicht recht." Max ließ seinen Blick über den Pfad schweifen und konnte weder den Fluss noch den Tempel ausmachen.

„Oh nein!", heulte Kyra. „Wir haben uns verirrt."

„Keine Sorge. Wir finden uns schon zurecht", versicherte Max ihr, während er die nähere Umgebung in Augenschein nahm. „Ich glaube, wir müssen einfach in diese Richtung gehen." Er marschierte einen blätterbewachsenen Weg entlang.

„Es wird langsam dunkel", verkündete Olive.

„Ich denke, das liegt bloß an den Blättern. Wenn wir unsere Schwerter als Macheten benutzen und sie wegschneiden, haben wir mehr Licht." Steve machte sich daran, das Blattwerk zu stutzen, um die untergehende Sonne zu enthüllen.

„Klasse. Jetzt sind wir im Dschungel gefangen und müssen uns mit allen möglichen feindlichen Kreaturen herumschlagen, die hier rumschleichen." Georgia war vollkommen fertig.

Rasch wurde es finster. Die Freunde drängten sich dicht zusammen, auf der Suche nach Feinden, die sich anschickten, sie anzugreifen. Sie wollten nichts und niemanden übersehen.

Kabumm! Sie hörten eine Explosion.

„Das klang nicht nach einem Creeper. Eher nach TNT", stellte Henry fest.

„Vermutlich sind das die Regenbogen-Griefer. Möglicherweise roden sie eine Lichtung, um irgendwas zu bauen", mutmaßte Max.

„Ich habe Angst." Sophies Stimme zitterte.

„Wir haben alle Angst. Aber wenn wir zusammenhalten, wird uns nicht passieren", versicherte ihr Max.

Klapper. Klapper. Klapper.

„Hört ihr das?" Tatiana war vor Entsetzen wie gelähmt und vermochte kaum zu sprechen.

Das laute Geräusch klappernder Knochen ließ die Blätter erzittern und jagte den Freunden einen gehörigen Schrecken ein.

Sophie lugte hinter dem Baum hervor und flüsterte: „Sieht wie Hunderte von Skeletten aus, die in einer Reihe marschieren."

„In meinem ganzen Leben habe ich noch nie so viele Skelette auf einmal gesehen. Ich frage mich, wo sie wohl hinwollen?", sagte Tatiana.

„Ich bin sicher, sie sind unterwegs ins Dorf. Wir müssen schnellstens dorthin zurück und den Leuten helfen!" Georgia wollte unbedingt in ihren Heimatort zurück, um ihre Nachbarn zu retten.

„Nein, wir müssen rausfinden, woher die Skelette kommen, damit wir verhindern können, dass immer mehr spawnen", erinnerte Steve sie.

Die Schlange der Skelette schien endlos zu sein. Die knochigen, weißen Kreaturen marschierten in einer ordentlichen Linie dahin. Die Freunde beobachteten sie mit einer Mischung aus Entsetzen und Ehrfurcht.

„Wenn sie tatsächlich auf dem Weg ins Dorf sind,

wird das die schlimmste Invasion, mit er es die Dorfbewohner je zu tun hatten." Nia wusste, dass es unmöglich war, Hunderte von Skeletten zu bekämpfen. „Das Dorf wird heute Nacht zerstört werden", prophezeite sie düster.

„Sollen wir versuchen, wenigstens ein paar von ihnen auszuschalten?", fragte Kyra.

„Nein, das würde nichts bringen. Kommt mit. Wir müssen rausfinden, wo die Skelette spawnen." Henry setzte sich in Bewegung und schlich hinter den Bäumen entlang. Die Übrigen folgten ihm.

Zwei lila Augenpaare glühten am Nachthimmel.

„Das sind Endermen", rief Steve der Gruppe zu. „Ihr dürft sie nicht anstarren oder sonst wie provozieren!"

Doch es war bereits zu spät. Einer der Endermen hatte seine Augen auf Sophie gerichtet und kreischte laut, als er sich auf sie zuteleportierte.

Die Skelette hörten den Krach des Enderman und stürmten auf die Freunde zu. Sophie lief weg, in der Hoffnung, auf den Fluss zu stoßen. Die anderen folgten ihr und feuerten beim Laufen die ganze Zeit über Pfeile auf die Skelette ab.

Das Gekreische des Enderman wurde lauter, und Sophie rannte, so schnell sie konnte, in Richtung Fluss.

„Der Fluss ist gleich da drüben, hinter diesen Bäumen", rief Max ihr nach, während er auf eins der Skelette zielte.

Sophie schnappte sich einen Trank der Unterwasseratmung aus ihrem Inventar und warf sich in das tiefblaue Wasser. Der Enderman verfolgte sie bis in den Fluss und wurde zerstört.

Die anderen wussten, dass sie keine Chance hatten, gegen diese mächtige Skelett-Armee zu bestehen. Also machten sie dasselbe wie Sophie, tranken Tränke der Unterwasseratmung und sprangen in den Fluss.

„Sophie!", rief Lucy. „Wo bist du?"

Die Freunde tauchten tief in den Fluss hinunter und suchten nach Sophie. Sie fanden sie in der Tiefe, wo sie neben einem Tintenfisch herschwamm.

„Wir müssen so lange wie möglich hier unten bleiben", erklärte Henry seinen Freunden. „Jedenfalls, wenn wir keine Opfer dieser Skelette werden wollen."

Georgia fragte sich, ob es vielleicht besser gewesen wäre, einfach gegen die Skelette zu kämpfen. Falls sie dabei verloren, war das Einzige, was ihnen passieren würde, dass sie bei ihr Zuhause wieder respawnten. Dann erinnerte sie sich daran, dass sie dabei allerdings auch ihre Diamantschwerter verlieren würden, und sie hatten keine Diamanten mehr übrig, um sich neue zu schmieden.

Das Wasser war ruhig und es war sehr still. „Es ist so friedlich", sagte Tatiana, während sie um die Gruppe herumtauchte.

Pfeile sausten durch das Wasser, und einer davon traf Henry.

„Die schießen auf uns!", schrie Lucy.

„Wir müssen uns verteidigen!" Steve schwamm zur

Oberfläche und zog sein Diamantschwert. Er war bereit, gegen die Knochenkreaturen anzutreten. Die anderen folgten ihm, als er ans Ufer schwamm, und Seite an Seite begannen sie, um ihr Leben zu kämpfen.

13. Kapitel

VERLIESE

Die Skelette schossen mit Pfeilen auf sie, doch sie wurden abgelenkt, als ein Wolf an ihnen vorbeipreschte.

Klang! Klang! Klang! Die Knochengestelle flohen vor dem Wolf.

Steve erinnerte sich: „Sie haben Angst vor Wölfen."

Die Sonne ging allmählich auf. „Wir sind in Sicherheit!" Lucy war froh, dass die Schlacht bereits vorüber war, bevor sie richtig begonnen hatte.

„Jetzt können wir in Ruhe den Tempel suchen", sagte Max. „In welche Richtung sollen wir gehen?"

Georgia sagte: „Ich bin mir ziemlich sicher, dass wir einfach nur diesem Pfad folgen müssen." Die anderen marschierten hinter Georgia her, als sie einen Weg entlangging, der von Bäumen gesäumt war.

„Ich sehe ihn!", rief Max kurz darauf. Der majestätische Tempel ragte vor ihnen auf.

„Seht!", sagte Sophie.

Vor dem Tempel standen Liam und Dylan. Sie hatten ihre Diamantschwerter gezogen.

„Scheint, als würden sie den Tempel bewachen", stellte Steve fest.

„Ich frage mich, ob sie ihn vor uns schützen wollen oder vor den Regenbogen-Griefern?", sinnierte Georgia.

„Falls sie ihn wirklich bewachen, wette ich, dass sich etwas sehr Wichtiges im Innern befindet", mutmaßte Sophie, als sie sich zum Tempel schlich.

„Sei vorsichtig", warnte Tatiana. „Wir wollen nicht, dass sie uns entdecken."

Trotzdem stürmte Steve mit einem Mal voller Wut auf Liam und Dylan zu und brüllte: „Ich will mein Diamantschwert zurückhaben, ihr Diebe!"

„Schau mal, wer da ist, Liam", sagte Dylan und richtete die Spitze des Diamantschwerts auf Steve. „Ja, das hier ist dein Schwert, und es ist ganz fantastisch."

„Willst du gegen uns kämpfen? Dann können wir dich vernichten und uns auch noch dein neues Schwert holen", sagte Liam. Dylan lachte bloß.

„Ihr seid richtig fiese Kerle! Ich habe keine Angst vor euch!" Steve stürzte sich auf Dylan und schlug mit seinem Schwert nach ihm.

Liam verpasste Steve einen Treffer. „Du kannst diesen Kampf nicht gewinnen", sagte Liam spöttisch, während er Steve den nächsten Hieb verabreichte.

Max schoss einen Pfeil auf Liam ab.

„Er hat seine Freunde mitgebracht!", bemerkte Dylan, als er die Gefährten auf sich zulaufen sah.

Lucy drosch mit ihrem Diamantschwert auf Liam ein.

„Was ist in diesem Tempel so Kostbares, dass ihr ihn bewacht? Sagt es mir!"

„Stopp! Tut uns bitte nicht weh! Das Ganze war ja nicht mal unsere Idee. Hinter alldem stecken die Regenbogen-Griefer. Wir sind ihre Gefangenen", gestand Dylan.

„Warum sollten wir euch das glauben?", fragte Steve.

„Sie halten uns hier gefangen. Sie wollen, dass wir ihre Skelett-Armee anführen. Dabei wollen wir bloß in unser Dorf zurückkehren." Liam flehte die Freunde an, nicht weiter mit ihren Schwertern auf ihn einzuschlagen, und bettelte: „Bitte, hört auf. Ich habe bloß noch sehr wenig Energie übrig."

„Wenn wir zerstört werden, respawnen wir in dem Kerker, in den die Regenbogen-Griefer uns immer sperren. Das ist ein dreckiges Verlies voller Höhlenspinnen", berichtete Dylan der Gruppe.

„Warum wart ihr so gemein zu mir? Warum habt ihr mein Schwert gestohlen?" Die Spitze von Steves Schwert war nur Zentimeter von Dylans Gesicht entfernt. Noch ein Hieb, und Dylan wäre vernichtet und würde vermutlich im Kerker respawnen.

„Hier, nimm es zurück", sagte Dylan. Er reichte Steve das Schwert. „Verstau es rasch in deinem Inventar, bevor die Regenbogen-Griefer uns entdecken. Lasst uns einfach gehen. Bitte."

Steve schnappte sich das Schwert und packte es in sein Inventar. Er war froh darüber, sein Schwert wiederzuhaben, doch er war noch immer wütend wegen

Liams und Dylans Verhalten. Außerdem war er ziemlich verwirrt. Er fragte sich, ob Liam und Dylan schon wieder versuchten, ihn und seine Freunde reinzulegen. Er war sich immer noch nicht sicher, was er von den beiden und ihren Motiven halten sollte.

„Bitte, lasst uns abhauen", flehte Liam. „Wir müssen hier verschwinden, bevor die Regenbogen-Griefer zurückkehren."

„Nein", beharrte Henry. „Ihr kommt mit uns." Er hielt Dylan sein Schwert dicht vor die Nase, als er Dylan und Liam dazu zwang, den Dschungeltempel zu betreten.

„Wir wissen, dass irgendwo da drinnen ein Skelett-Spawner ist", stellte Steve klar.

Die Gruppe ging in die Hauptkammer des riesigen Tempels. „Wir müssen nach unten, ins Untergeschoss. Normalerweise sind Spawner dort zu finden", sagte Max, während die Freunde Liam und Dylan ihre Schwerter in den Rücken drückten, um sie vorwärtszutreiben.

„Ihr solltet besser nicht da runtergehen", warnte Dylan. „Die Regenbogen-Griefer werden uns angreifen, und abgesehen davon ist da unten auch nichts. Die Griefer haben sich längst alle Schätze geholt."

„Lasst uns lieber zusammen abhauen und uns vor diesen Griefern in Sicherheit bringen", schlug Liam vor.

„Nein. Ich kann mein Dorf nicht im Stich lassen!", sagte Georgia trotzig.

„Und wir auch nicht!", sagten Nia und Olive unisono.

„Na ja, da unten gibt es jedenfalls keine Skelette“, beharrte Dylan. „Da unten ist nichts.“

Dylan und Liam hatten recht: Der Schatz war tatsächlich schon geplündert worden. Allerdings waren Steve und seine Freunde diejenigen gewesen, die ihn an sich genommen hatten, nachdem sie gegen die Regenbogen-Griefer gekämpft hatten. Mittlerweile war Steve sich ziemlich sicher, dass diese beiden Gauner, Dylan und Liam, die Übeltäter hinter dem Diebstahl in Georgias Haus waren! Wahrscheinlich hatten sie ihren Schatz.

Steve stieß auf einen Hebel und blieb stehen, um ihn näher in Augenschein zu nehmen. „Was ist das?“, fragte er.

„Nichts Besonderes“, entgegnete Dylan.

„Wenn dieser Hebel nichts Besonderes ist, warum ziehst du dann nicht daran?“, forschte Steve.

„Nicht!“, schrie Liam, als Dylan an dem Hebel zog und sich eine Geheimtür öffnete. Die Freunde waren überrascht. In dem Raum hinter der Tür wimmelte es nur so vor Skeletten.

Heimlich, still und leise schlichen sich zwei Creeper in den Raum mit den ganzen Skeletten.

Kabumm! Die Skelette erledigten die Creeper. Zwei CDs fielen zu Boden.

„Lasst die CDs liegen. Wir wollen schließlich nicht, dass die Skelette uns sehen“, ermahnte Georgia ihre Freunde.

Trotzdem griffen Dylan und Liam nach den Discs, und

Steve stürmte auf sie zu. Die Skelette wurden feindselig und schossen mit Pfeilen auf die Gruppe.

Max platzierte eine Fackel an der Wand. „Holt eure Fackeln raus, Leute! Wir können es hier drin so hell machen, dass das Licht die Skelette aufhält!"

Die Freunde brachten überall Fackeln an, und die Skelette zogen sich zurück.

„Welch ein verrückter Ort", rief Tatiana, als sie die Skelettfarm erkundete. In der Mitte der Kammer stand ein Käfig, der zu einer Maschine führte, die die Skelette zerstörte.

„Hier müssen die Knochen droppen", sagte Steve, als er den Raum betrat.

„Vorsicht!", schrie Lucy, als eine Horde Regenbogen-Griefer es auf Steve abgesehen hatten. „Sie wollen dich in die Lava schmeißen!"

Als Steve hinter sich schaute, entdeckte er einen künstlichen Lavafluss, der quer durch die Skelettfarm verlief.

Max rannte auf die Regenbogen-Griefer zu und schlug mit aller Kraft, die er aufbringen konnte, auf so viele wie möglich ein, doch er war ihnen unterlegen. Zwei Regenbogen-Griefer taten sich zusammen und attackierten Max mit ihren Schwertern. Das war zu viel für ihn. Max' Diamantschwert fiel scheppernd zu Boden.

„Max!", schrie Henry und sprang vor, um sich das Schwert zu schnappen, doch ein Regenbogen-Griefer hatte es bereits aufgehoben.

Henry streckte den Griefer nieder und vernichtete ihn.

„Ich habe Max' Schwert!", erklärte er. „Ich werde es ihm bringen!" Er war vollkommen aufgedreht und erledigte gleich noch einen Regenbogen-Griefer.

Da stürzte Liam sich auf Henry und drosch mit seinem Diamantschwert auf ihn ein.

„Ich wusste es!", sagte Henry, geschwächt von dem Treffer. „Ich wusste, dass ihr auf deren Seite seid!"

14. Kapitel

BÖSE BIS AUF DIE KNOCHEN

Pfeile sausten durch die Skelettfarm und Schwerter klirrten aufeinander. Doch die Freunde kämpften nicht gegen Skelette. Stattdessen waren sie in ein intensives Gefecht mit den Regenbogen-Griefern verwickelt. Liam und Dylan schlossen sich den Griefern im Kampf gegen Steve und seine Freunde an. Und sobald sie einen Griefer bezwungen hatten, lief sofort ein neuer, angriffsbereiter Feind die Treppe herunter.

Mittlerweile war Tatianas Gesundheitsbalken extrem niedrig. Noch ein einziger Treffer von einem Griefer, und sie war erledigt. Sie versuchte, sich ein Stück Obst aus ihrem Inventar zu schnappen, um wieder zu Kräften zu kommen. Aber in diesem Moment schlug ein Regenbogen-Griefer auf sie ein. Die Frucht und ihr Schwert fielen zu Boden.

Steve setzte all seine restliche Energie ein, um einen Griefer zu zerstören. Henry holte einen Trank der Schwäche hervor und bespritzte die Griefer damit. „Das ist unsere Chance!"

Die Freunde stellten sich den Griefern entgegen und eliminierten so viele, wie sie konnten.

Liam und Dylan drängten sich in eine Ecke der Kammer und versuchten, dem Trank auszuweichen. Beide leerten einen Trank der Schnelligkeit und sprinteten auf Steve zu.

„Game over!“, riefen sie, als sie gemeinsam auf Steve losgingen und ihn vernichteten.

Steve erwachte in seinem Bett in Georgias Haus. Max und Tatiana waren in der Küche und frischten ihre Vorräte auf.

„Sie haben mein Schwert“, sagte Max zu Steve.

„Meins auch.“ Tatiana war stinksauer.

„Keine Sorge. Ich weiß, dass es Henry gelungen ist, dein Schwert in Sicherheit zu bringen, Max. Tatiana, ich habe keine Ahnung, was mit deinem Schwert ist oder mit meinem. Aber wir haben immer noch ein paar Diamanten übrig. Lass uns ein neues Schwert für dich machen. Ich nehme mein altes. Wir müssen schnellstens zum Tempel zurückkehren und unseren Freunden beim Kampf gegen diese bösen Griefer helfen.“ Steve eilte unruhig auf und ab. Er aß etwas, während er sprach.

„Es ist schon fast Nacht“, gab Max zu bedenken. „Ich finde, wir sollten lieber hier bleiben und den Dorfbewohnern dabei helfen, den Skeletten die Stirn zu bieten.“

„Bedenkt man die Skelett-Armee, die wir vorhin gesehen haben, wette ich, dass die Schlacht heute Nacht ziemlich heftig werden wird“, fügte Tatiana hinzu.

Sie begaben sich zu Georgias Werkbank. Tatiana und Max holten zwei Diamanten aus ihrem Inventar, crafteten neue Schwerter und verzauberten sie am Verzauberungstisch.

Knochen klapperten am Fenster vorbei. „Sie sind da!", rief Tatiana.

Georgia, Lucy und Henry rannten die Treppe herunter. „Die Regenbogen-Griefer haben uns besiegt. Jetzt wollen wir euch beim Kampf gegen die Skelette helfen."

Sie verwendeten die verbliebenen Diamanten, um neue Schwerter zu craften. Während sie das taten, sagte Lucy: „Die Griefer haben die anderen in die Enge getrieben – nachdem wir diese Skelette unschädlich gemacht haben, müssen wir sie retten!"

Alle trugen ihre Rüstungen, als sie durch die Straßen von Georgias Dorf liefen. Steve hatte einen Block TNT in den Händen und entfachte ihn mit seinem Feuerzeug. Die Explosion vernichtete eine Schar von Skeletten, die Pfeile auf die Gruppe abschossen.

Schließlich traf auch die Skelett-Armee ein, die in Richtung des Ortes marschiert war.

„Wie sollen wir die bloß aufhalten?", fragte Lucy panisch. „Das sind einfach viel zu viele, als dass ich auch nur wüsste, wo wir anfangen sollten zu kämpfen!"

„Ich habe einen Plan!", rief Steve, während er Schutz vor dem Gestöber von Pfeilen suchte, die in ihre Richtung flogen.

„Welchen?", fragte Max.

Bevor Steve darauf antworten konnte, kamen Kyra, Olive, Sophie und Nia zu ihnen. Jede hatte einen Block TNT dabei und machte ihn scharf.

KABUMM!

Die gewaltige Explosion löschte einen Großteil der feindlichen Armee aus, aber es waren trotzdem immer noch mehr als fünfzig Skelette übrig, die es zu bekämpfen galt.

„Ich dachte, ihr sitzt in der Falle?", fragte Max die Übrigen.

„Wir konnten entkommen", sagte Nia stolz.

„Wenn du es entkommen nennst, von einem Creeper zerstört zu werden, ja, dann sind wir entkommen", spöttelte Olive.

Während Steve und Max die Skelette mit Pfeilen beschossen, sammelten ihre Freunde noch mehr TNT ein. Da liefen ihnen plötzlich Liam und Dylan entgegen.

Steve verdrosch Dylan mit seinem Diamantschwert.

„Bitte, nicht schlagen!", flehte Dylan. „Wir sind hergekommen, um euch zu helfen!"

Auch Liam bettelte: „Wir wollen mit euch gegen die Skelette kämpfen. Wir schwören es!"

„Wir haben ohnehin gerade keine Zeit, euch plattzumachen. Wir müssen uns diese Skelette vom Hals schaffen", keuchte Steve, während er zwei Skelette auf einmal attackierte.

Ein Skelett glotzte Steve an. Dies war schon das zweite Mal, dass er das Gefühl hatte, dass in Wahrheit die Skelette diejenigen waren, die Hilfe brauchten. Viel-

von Skeletten die Treppe herunterkam, die einen Pfeil nach dem anderen auf die Griefer abfeuerte.

Eins der Skelette schaute sich um und erkannte, dass der Spawner zerstört worden war. Das Skelett sah Steve an. Steve hätte schwören können, dass die knöcherne Fratze lächelte. Sicher täuschte er sich. Denn er wusste, dass feindliche Kreaturen niemals irgendwelche Gefühle zeigten.

Der letzte der Regenbogen-Griefer starrte Steve an. „Warum?“, fragte er ihn.

„Das alles ist nur eure Schuld. Ihr habt mit alldem angefangen“, wies Steve den Griefer zurecht. „Wenn ihr diese bösen Skelettfarmen baut, besteht immer die Gefahr, dass die Sache nach hinten losgeht. Manchmal wird man eben mit seinen eigenen Waffen geschlagen.“

Max sprintete auf den letzten verbliebenen Regenbogen-Griefer zu und versetzte ihm einen finalen Hieb, der den Griefer niederstreckte.

Daraufhin senkte sich für einen Moment eine unheimliche Stille über den Tempel, ehe die Freunde mit einem Mal Stimmen hörten, die um Hilfe riefen.

„Wer ist da?“, fragte Olive.

„Helft uns!“, flehten die Stimmen.

„Ich denke, das sind Liam und Dylan, die irgendwo eingesperrt sind“, sagte Steve und bewegte sich in die Richtung, aus der die Stimmen kamen.

„Ich glaube, sie sind irgendwo unter uns“, vermutete Lucy.

Die Freunde holten ihre Spitzhacken raus und gruben ein Loch in den Boden.

„Vorsicht!", schrie Lucy, als sich ein Creeper anschlich.

Max schoss einen Pfeil auf den Creeper ab, der daraufhin explodierte.

Kabumm! Die Explosion hinterließ ein gewaltiges Loch im Boden.

Henry blickte in die untere Ebene hinab. „Ich glaube, ich sehe eine Grundgesteinstür."

„Wie sollen wir einen Grundgesteinskerker knacken?", fragte Steve. „Ich habe keinen Würfel der Zerstörung."

„Und ich habe auch nicht mehr viel Energie übrig", gestand Lucy. Sie war wirklich ziemlich erschöpft.

Sie alle hatten nur noch wenig Energie. Georgia sagte: „Wir müssen zurück zu meinem Haus und wieder zu Kräften kommen. Wir müssen essen und uns ausruhen."

„Wir dürfen Liam und Dylan nicht im Stich lassen", wies Steve die anderen zurecht. „Dadurch, dass sie uns im Kampf unterstützten, haben sie bewiesen, dass sie auf unserer Seite sind. Wir müssen sie retten. Selbst wenn uns das unser letztes bisschen Energie kostet."

Die anderen standen schweigend da.

„Wenn ihr mir nicht helfen wollt, mache ich's eben allein!", verkündete Steve. „Ich werde diese Grundgesteinswand einreißen und Liam und Dylan aus den Fängen der Regenbogen-Griefer befreien!"

„Aber was, wenn die Regenbogen-Griefer zurückkommen?", wollte Sophie wissen.

„Was, wenn das wieder eine Falle ist?", fragte Tatiana.

„Und was, wenn dies keine Falle ist und wir zwei Leute im Kerker verrotten lassen, obwohl wir sie hätten retten können? Ich könnte mich selbst nicht mehr im Spiegel ansehen, wenn ich nicht zumindest versucht hätte, ihnen zu helfen", entgegnete Steve.

„Aber sie haben dich schikaniert und dein Schwert gestohlen", wandte Henry ein.

„Sie haben mir mein Schwert zurückgegeben und sich dafür entschuldigt." Mit diesen Worten sprang Steve durch das Loch im Boden und lief auf die Grundgesteinswand zu.

„Hilfe!" Die Stimmen wurden lauter.

„Keine Sorge", sagte Steve. „Ich hole euch da raus."

„Steve!", riefen Liam und Dylan. „Bitte, hilf uns!"

Steve untersuchte die Mauer in der Hoffnung, vielleicht ein kleines Loch zu entdecken, das ihm dabei helfen würde, sie rauszuholen. Aber er fand keins. Er schlug seine Spitzhacke in den Boden. Er würde in der Mitte der Kammer ein Loch graben müssen.

Steve warf einen Blick auf seine Hungeranzeige. Er war sich nicht sicher, ob seine Energie ausreichen würde, um das Loch zu buddeln. Aber er musste es versuchen. Da stand er also, allein im Keller des Tempels, und alles, was er wollte, war, seinen neuen Freunden zur Flucht zu verhelfen. *Die Sache ist nicht ganz einfach*, dachte Steve bei sich. *Aber auch nicht unmöglich.*

Steve schaute auf und sah all seine Freunde vor sich stehen. Jeder von ihnen hielt seine Spitzhacke in den

Händen und half Steve dabei, das Loch in den Boden zu hacken.

„Du musst das nicht allein machen“, sagte Max mit einem Lächeln zu Steve.

„Wir sind vielleicht nicht Liams und Dylans größte Fans, aber du warst derjenige, der den Plan hatte, der mein Dorf gerettet hat“, sagte Georgia. „Du bist mein Freund, und deshalb möchte ich dir helfen.“ Damit schlug sie ihre Spitzhacke tief in die Erde.

„Trotzdem müssen wir uns beeilen!“, verkündete Henry. „Uns allen geht langsam, aber sicher die Energie aus!“

Da rief Liam nach ihnen: „Hilfe! Hier drin sind zwei Spinnen, und wir haben keine Waffen, um uns zu verteidigen!“

17. Kapitel

WETTLAUF GEGEN DIE ZEIT

Die Freunde gruben, so schnell sie nur konnten. Die Schreie von Dylan und Liam wurden lauter.

„Die Spinnen haben uns in die Enge getrieben!", riefen sie.

Steve kroch durch das Loch und kam in der Mitte des Kerkers raus. Er zog sein Diamantschwert und machte eine der Spinnen nieder.

Max und Henry steckten ihre Köpfe durch das Loch und sprangen dann ebenfalls hinein, um die verbliebene Spinne zu vernichten.

„Ihr seid frei!", verkündete Steve Liam und Dylan.

„Dafür sind wir dir etwas schuldig, Steve. Du hast uns das Leben gerettet", sagte Dylan, als er Steve und seinen Freunden durch das Loch und aus dem Kerker nach draußen folgte.

Liam war überglücklich. „Jetzt können wir in unser Dorf zurückkehren."

„Und? Bleibt ihr weiterhin Griefer?", fragte Steve die beiden, als sie schließlich außerhalb des Tempels in Sicherheit waren. Die Sonne brannte, und eine andächtige Stille lag über dem Dschungel.

„Keine Ahnung“, gestand Liam. „Aber ich kann euch versprechen, dass wir euch nicht angreifen werden.“

„Wir gehen jetzt in mein Dorf zurück, um beim Wiederaufbau zu helfen. Wollt ihr mit uns kommen?“, fragte Georgia.

„Das ist wirklich ein nettes Angebot“, sagte Dylan. „Aber wir müssen nach Hause.“

Die Freunde verabschiedeten sich von Liam und Dylan und machten sich auf den Weg ins Dorf.

„Ich schätze, du hattest recht, Steve“, sagte Henry. „Sie hatten nicht die Absicht, uns reinzulegen.“

Während sie auf dem Rückweg zum Dorf waren, begann es zu regnen. Dicke Tropfen prasselten auf sie hernieder. Ein Skelett sprang hinter einem Baum hervor und feuerte einen Pfeil auf die Gruppe ab.

„Oh nein!“, schrie Lucy.

Max stürzte sich mit seinem Diamantschwert auf den knochigen Gegner.

„Wo sind die anderen?“ Georgia schaute sich um. Aber alles, was sie sah, war der verwaiste, regnerische Dschungel.

„Ich schätze, das war eins der letzten Skelette“, meinte Steve.

„Vielleicht war das ja auch einfach nur ein natürlich vorkommender Feind und die Welt ist wieder normal geworden“, sagte Sophie hoffnungsvoll.

„Das würde bedeuten, dass ich endlich aufhören kann, TNT-Blöcke mit mir rumzuschleppen“, verkündete Nia, die heilfroh darüber war, endlich keine feindlichen Kreaturen mehr bekämpfen zu müssen.

Als sie sich Georgias Dorf näherten, hörte der Regen auf.

„Ich bin wieder zu Hause!“, rief Georgia. „Los, helfen wir den Leuten beim Wiederaufbau!“

Die Dorfbewohner kamen aus ihren Häusern, um Steve und seinen Freunden zu danken. Sie veranstalteten ein Fest zu Ehren der Gruppe, die sich all die Köstlichkeiten schmecken ließ, die ihnen anboten wurden. Sie mussten wieder zu Kräften kommen. Die Atmosphäre war fröhlich und ausgelassen. Das Dorf war bereit, alles Zerstörte wiederaufzubauen. Alle freuten sich auf den ersten Abend ohne Skelett-Angriff, nach all der langen Zeit voll Unsicherheit und Angst.

Es wurde Abend, und kein einziges Skelett ließ sich blicken. Später gingen Steve und seine Freunde zu Georgias Haus zurück, um etwas zu schlafen. Zwei Endermen, die Blöcke trugen, kamen an der Gruppe vorbei. Obwohl sie wussten, dass es ein Fehler war, diese schlaksigen Kreaturen anzustarren, begann einer der Endermen zu kreischen und fing an, sich auf Olive zuzuteleportieren.

„Hilfe!“, rief sie den anderen zu.

Die Freunde machten sich gerade bereit, den Enderman anzugreifen, als Regentropfen vom Himmel fielen und die Endermen vernichteten. Donner grollte, als die

Gruppe ihren Weg in die Sicherheit von Georgias Haus fortsetzte.

Sie liefen durch die Eingangstür und sprangen in ihre Betten. Erschöpft schliefen sie ein, um Energie für den nächsten Tag zu sammeln. Sie würden den Dorfbewohnern helfen, alles wiederaufzubauen, das bei den Angriffen zerstört worden war, insbesondere Georgias Farm.

Während Steve im Bett lag, dachte er an den Zaun, den er bei sich zu Hause gebaut hatte. Dieses Vorhaben war ihm extrem wichtig gewesen. Aber alles war anders gekommen. Und nun, nach all diesen Skelett-Angriffen und angesichts des Maßes an Wiederaufbau, den Georgias Dorf brauchte, wurde ihm klar, dass sein Zaun verglichen damit kaum der Rede wert war.

Obwohl ihm die Dorfbewohner leidtaten, deren ganzer Besitz bei den Überfällen zerstört worden war, freute er sich auf die Wiederaufbauarbeiten. Er hatte so viele Ideen dafür. Doch fürs Erste musste er sich darauf konzentrieren einzuschlafen.

18. Kapitel

JETZT HEISST ES ABSCHIED NEHMEN

Georgia bot ihren Gästen Kuchen zum Frühstück an. „Wir sollten diesen Tag mit einer Feier beginnen!“, erklärte sie den Freunden, während Steve und die anderen den Kuchen aßen. „Heute ist der Tag, an dem wir mit dem Wiederaufbau beginnen.“

Geschlossen gingen sie in den Ort. Olive fragte Steve, ob er ihr vielleicht beim Wiederaufbau ihres Hauses helfen könne. „Ich wohne derzeit bei Nia. Mein eigenes Haus wurde zerstört. Georgia hat mir erzählt, dass du einer der besten Baumeister bist, die sie je gesehen hat.“

„Ich finde zwar, dass Georgia wesentlich besser bauen kann als ich, aber ich helfe dir gern.“ Steve begleitete Olive zu der Stelle, an der früher ihr Haus stand.

Steve sah sich das Land rings um das Grundstück an. In der Ferne konnte er den Dschungel ausmachen. „Warum errichten wir nicht ein großes Haus mit einem Panoramafenster, damit du den Dschungel in der Ferne sehen kannst?“, schlug er vor.

„Super! Dann bin ich auch die Erste, die sieht, ob wir

wieder angegriffen werden", entgegnete Olive und half Steve dabei, all die Vorräte zu beschaffen, die sie brauchten, um ihr neues Zuhause zu bauen.

Lucy, Max und Henry kamen zu Steve herüber. Henry sagte: „Ich denke, wir werden zu einer Schatzsuche aufbrechen. Georgia hat mir erzählt, dass es nicht weit von hier eine Wüste gibt. Wir machen uns auf die Suche nach einem Wüstentempel und erbeuten ein paar Schätze."

„Vorher bleiben wir noch ein paar Tage und helfen beim Wiederaufbau", fügte Lucy hinzu. „Aber sobald das erledigt ist, wollen wir lieber auf Erkundungstour gehen, statt zur Weizenfarm zurückzukehren."

Es machte Steve ein kleines bisschen traurig, dass seine Freunde ihn nicht auf dem Rückweg zur Weizenfarm begleiten würden. Aber weil er wusste, wie gern sie auf Schatzsuche gingen, gönnte er ihnen das kleine Abenteuer.

Kyra kam auf Steve zu. „Haben die anderen dir von ihren Plänen berichtet?", fragte sie.

Steve nickte. „Wirst du mit ihnen gemeinsam auf Schatzsuche gehen?"

„Nein, ich werde mit dir nach Hause zurückkehren, genau wie Tatiana und Sophie. Sie wollen unbedingt Eliot den Schmied wiedersehen und sich in unserem Dorf niederlassen."

Steve wurmte es immer noch etwas, dass seine Freunde Lucy, Max und Henry nicht mit ihnen zurückreisen würden. Gleichzeitig freute er sich, dass seine neuen

Freundinnen Tatiana und Sophie in seinen Heimatort ziehen würden.

Tatiana und Sophie eilten auf Steve zu. „Bald sind wir Nachbarn!“, rief Tatiana fröhlich.

„Kannst du uns beim Bau unseres neuen Zuhauses helfen?“, fragte Sophie.

In den nächsten paar Monaten würde Steve offenbar alle Hände voll zu tun haben. „Klar“, sagte er. „Würdet ihr mir dann dabei helfen, meinen Zaun zu reparieren?“

„Natürlich“, entgegnete Tatiana. „Dafür sind Freunde doch da. Wir können es kaum erwarten, dir zur Hand zu gehen.“

Die ganze Gruppe half dabei, Olives neues Haus zu errichten. Es war zwar nicht so luxuriös wie Georgias Zuhause, aber es gab einen Quarzfußboden und einen Kamin. Außerdem besaß das Gebäude ein Panoramafenster zum Dschungel hin.

„Ich weiß nicht, wie ich euch danken soll“, rief Olive aus.

Die Freunde waren betrübt, dem Dorf den Rücken kehren zu müssen. Lucy, Max und Henry packten ihre Sachen zusammen und brachen auf der Suche nach Schätzen in Richtung Wüste auf, während sich Tatiana und Sophie ihren neuen Freunden Steve und Kyra auf ihrer Rückreise zur Weizenfarm anschlossen.

Georgia sagte ihren Freunden Lebewohl. „Bitte kommt bald wieder und besucht mich.“ Auch Olive und Nia luden sie ein, jederzeit bei ihnen vorbeizuschauen.

„Gebt uns Bescheid, wenn ihr das nächste Mal in der

Nähe unseres Dorfes seid, dann veranstalten wir ein richtiges Festmahl!“, versprach Olive.

Steve ließ seinen Blick über Olives Dorf schweifen. Alles war friedlich, wuchs und gedieh. Die Häuser aller Bewohner waren wieder aufgebaut. Steve schenkte Georgia ein Lächeln. Alle versprachen, eines Tages wiederzukommen, bevor sie zu ihren jeweiligen Reisen aufbrachen. Als sie später sein Dorf erreichten, war Steve einen Moment lang ganz aufgeregt. Er malte sich aus, wie sie Eliots Schmiede betraten, und sein Herz schlug schneller, als er sich vorstellte, wie es wohl sein würde, seinen Freund Eliot mit diesen beiden Mädchen aus seiner alten Heimat zu überraschen.

Endlich würden Tatiana und Sophie ein neues Zuhause haben, und Steve bekam noch mehr tolle Nachbarn. Nun hatte er nicht nur Hilfe für den Wiederaufbau seiner Weizenfarm, sondern auch noch neue Freundinnen, mit denen er seine Ernte teilen konnte.

ENDE

SPANNENDE ROMANE
INSPIRIERT VOM WELTWEITEN BESTSELLER-GAME
MINECRAFT
Winter Morgan:
DIE SUCHE NACH DEM DIAMANTENSCHWERT
ISBN 978-3-8332-3007-3
Winter Morgan:
DAS GEHEIMNIS DES GRIEFERS
ISBN 978-3-8332-3008-0
Winter Morgan:
DIE ENDERMEN-INVASION
ISBN 978-3-8332-3243-5
Karl Olsberg:
DAS DORF: DER FREMDE
ISBN 978-3-8332-3251-0
© 2015 Winter Morgan. All Rights Reserved.
ABENTEUER-ROMANE FÜR ECHTE MINECRAFTER.
JETZT IM BUCHHANDEL ERHÄLTLICH.
PANINI BOOKS
www.paninicomics.de

SPANNENDE ROMANE
INSPIRIERT VOM WELTWEITEN BESTSELLER-GAME
MINECRAFT
ROMAN FÜR MINECRAFTER
ZOMBIE HILL
NANCY OSA
Nancy Osa:
VERTEIDIGER DER OBERWELT:
DIE SCHLACHT VON ZOMBIE HILL
ISBN 978-3-8332-3246-6
KARL OLSBERG
WÜRFELWELT
ROMAN FÜR MINECRAFTER
ROMAN FÜR MINECRAFTER
DIE ELEMENTIA CHRONIKEN
BAND 1
DIE SUCHE NACH GERECHTIGKEIT
SEAN FAY WOLFE
Karl Olsberg:
WÜRFELWELT
ISBN 978-3-8332-3248-0
Sean Fay Wolfe:
DIE ELEMENTIA-CHRONIKEN:
DIE SUCHE NACH GERECHTIGKEIT
ISBN 978-3-8332-3254-1
© 2015 Winter Morgan. All Rights Reserved.
ABENTEUER-ROMANE FÜR ECHTE MINECRAFTER.
JETZT IM BUCHHANDEL ERHÄLTLICH.
PANINI BOOKS
www.paninicomics.de

DIE BISHER ERSCHIENENEN ABENTEUER VON CAPTAIN UNDERPANTS!

Captain Underpants Band 1
272 Seiten
ISBN 978-3-8332-2544-4

Captain Underpants Band 2
304 Seiten
ISBN 978-3-8332-2545-1

Captain Underpants Band 3
360 Seiten
ISBN 978-3-8332-2564-2

Captain Underpants Band 4
360 Seiten
ISBN 978-3-8332-2565-9

Captain Underpants Band 5
304 Seiten
ISBN 978-3-8332-2565-9

Captain Underpants Band 6
224 Seiten
ISBN 978-3-8332-2986-2

NEU!
DAS MAGAZIN FÜR ALLE
SCIENCE-FICTION-FANS
100 SEITEN
Geek!
Geek!
FILME · TV-SERIEN · GAMES · ROMANE · COMICS · FAN-SZENE · GADGETS · EVENTS
Geek!
#11
SCIENCE-FICTION FANTASY HORROR
KINO
300: RISE OF AN EMPIRE
PREVIEW
X-MEN: ZUKUNFT IST VERGANGENHEIT
GAMES
MAD MAX
TV-SERIEN
WAS DEN FAN IN DEN WAHNSINN TREIBT
HOME ENTERTAINMENT
THOR: THE DARK KINGDOM
THEMA
COMICVERFILMUNGEN
Jetzt auch als
eMagazine
erhältlich (App für Android und iOS)!
ALLE ZWEI MONATE
NEU IM HANDEL!
PANINI
WWW.GEEK-MAG.DE
WWW.PANINICOMICS.DE